吾輩は日本作家である

Dany Laferrière, Je suis un écrivain japonais

ダニー・ラフェリエール
立花英裕訳

藤原書店

Dany LAFERRIÈRE

JE SUIS UN ÉCRIVAIN JAPONAIS

吾輩は日本作家である——目次

吾輩は日本作家である

風流の習い初めは
北の農民の
田植え歌にあり

〔風流の初やおくの田植うた〕

芭　蕉

自分ではない
別の誰かになりたい
すべての者たちへ

早撃ち男

　編集者から電話がかかってきた時、私は生鮭を買いに出かけていた。例の口約束した本がどうなったのか知りたいのだろう。だが、そんなことより、鮭の話の方がまだましだ。昔は、鮭は見るだけで吐き気がした。食べでもしたら十分もしないうちに吐き出してしまったよ。最後に吐いたのは女友達の家だったな。うまく便器に狙いがつけられなかった。浴室をきれいに拭いてから顔を洗って居間に戻った。心の中で、鮭は二度と食べないと誓ったよ。まあ、誓いとか約束が守れなかったのは、あれが初めてじゃあない。自分で自分にした約束など守る義理はないからね。だが、あの本を書く約束となると、そうはいかないな。声から察するに編集者は苦り切っていた。あれでも快活を装ったつもりなのだろう。無理もない。腕をねじり上げて無理やり書けと脅したわけじゃあないんだから。私が安請け合いしてしまったのさ。やはり新作を書いて下さいと言うものだから。苦手なんだ、「新しい」という言葉は。どうして新作でなくてはならないのだろう。新しいものなど出ないと、そろそろ分かってもらってもいい頃だろうに。ところが、頑として引き下がらないんだ。読者はいつでも新しいものを求めているものなのです。私だって、またかと言われるようなことを蒸し返したくないよ。会う度にその話になるんだ。場所はきまって彼の狭苦しい編集室だ（そのうち、やつを山積みの原稿の束や赤表紙の本と一緒に引きずり倒してしまうかもしれんな）。すぐ角のカフェで会うこともある。背の高い青年でね、どことなく地球儀みたいな目をしているものだから、微笑《ほほえ》まれると言い返せなくなる。時々髪に手を突っ込んで、もぐり込んだ雲をおっぱらうみたいな仕種をする。幸い、カフェに足を踏み入れる前にタイトルが想い浮かんだ。タイトルをひねり出すのが得意でね。カート・ヴォネガットに言わせると――もっとも、彼の奥さんから聞いたのだが（ついジャーナリスト気取りで根掘り葉掘り訊いてしまった）――、私はアメリカ随一のタイトル早撃ち男なのだそうだ。タイトル早撃ち男ね。まあいいだろう。でも、彼は、どんな話のついでに言ったのかな。ヴォネガットは、いつも空気が読めない男ではある。それが彼の売りになっているところがないではない。空気が読めなくても食事中の話題レースのトップ走者になれないわけではない。ビリー・ザ・キッド、アメリカ一の早撃ち。これなら、どんな空気が流れていようが通用するだろう。それだけで納得できるのだ。たしかに口調というものはある。彼の言い方には皮肉がこもっていただろうか。奥さんはそこまでは教えてくれなかった。私がうまいのはそれだけで、タイトルを越えて、その先を読むには及ばないと、遠回しに言ったのだろうか。そうかもしれんが、タイトルがよくなくて読んでもらえないよりはましというものだ。いい本なのに、タイトルがまずくて裏街道に追いやられている本がごまんとある。書店に行っても漏れ聞こえてくるのは、九〇パーセント、本のタイトルだ。読者によく聞かれるよ。どうしてそんなタイトルを思いついたのですか。そんなこと分かるものか。じっと座っていると、ふと浮かんでくるだけさ。十秒も考えないな。だが、もうそこにタイトルが見えるのさ。まるで街角で私を待ち受けていたとでもいう風だよ。君はタイトルで困っているのかい？　別に隠すつもりはないさ。不意に喉元に飛びついてくるんで、その文字を白い紙の上に書き写すだけだよ。あとは、まじまじと見るだけだ。それから、ひっくり返してみる。語の一つ一つが、どう言ったらいいのかな、音節の一つ一つ、文字の一つ一つが所を得ていなくてはならない。どんな本でも、タイトルを示す語が本の顔になるからね。いちばん人目につくのがタイトルなんだ。その中に他の全てが含まれている。ガルシア・マルケスの本なんて読み返すまでもないよ。『百年の孤独』と言うだけでいい。プルーストだったら、『失われた時を求めて』と言うだけだ（著者名を付け加えるまでもないだろう。このタイトルは誰でも知っている）。それだけで、目の前を本の影が通りすぎて行くのが見えるのだ。ちょうど劇場のビロードのカーテンがままならぬ現実を覆い隠してくれるように。すると、読書の時間（カフェで過ごした日々、ランプに額を寄せて過ごした夜）が、隠れ潜んでいた記憶の襞から飛び出してきて、果てしない感覚の連なりになって昇ってくるのだ。よきタイトルは、魔術的パスワードになる。

　これというタイトルを手にしたら、慎重に事を進めないとまずいな。たいていの場合、編集者は本の内容を聞きたがるものだ。どんな本ですか。私の編集者はそういうタイプではないんだ。笑顔を貼り付けたままテーブルから少し身を引くくらいだ。私はぐるりと部屋を見回して周囲に見えるタイトルを幾つか点検してみる。気に入ったのは一つもない。そこで、投げやりな口調で原稿の山越しにタイトルを告げる。タイトルね、そうだなあ、「吾輩は日本作家である」はどうだろう。一瞬の沈黙。笑顔が輝きだす。売れるよ、それ！　契約しよう。数語並べただけで、一万ユーロの契約が結ばれる。私はすっかりいい気分になって、ヴォネガットの話をする。話は早くも帯のことに移る。「アメリカ一のタイトル早撃ち男」はどうだろう。だが、話の接ぎ穂はそこで途切れる。慎み深さというものがあるんだよな。いかにもヨーロッパ的な行儀のよさだ。滑稽に見えることほど恥ずべきことはないという意識。滑稽だからといって別に殺されるわけでもないのに、恐怖心が我々を釘付けにするのだ。帯の話がそこで立ち消えになったのは、「タイトル早撃ち男」という語がいま一つ何を伝えたいのかはっきりしないからだ。たいていの読者は西部劇だと思うだろう。悪くすると、殺し屋の話と思うかもしれない。まあ、こちらも腰砕けだったな。話は帯からタイトルに戻る。彼は、禁煙室でライターでも受け取るような顔つきでタイトルを受け取ったよ。彼は入念に吟味する。どこをつまもうが、しゃっきりしている。やにわにナプキンの上にタイトルを書き始めた。よく見れば、凡庸ではある。「日本」という語だけが違うのだ。だが、ふざけているつもりはないよ。私は、心底、日本作家だと思っているのだ。

魚屋で

タイトルさえ決まってしまえば、片がついたようなものだ。そうはいっても本を書く仕事はやはり残っている。そこは飛ばすわけにいかない。タイトルと本の間でなおも頭をひねる。ふわふわ浮かんでいる状態。これから歩まなくてはならない道のりを測る時が来たのだ。あせって主題の核心に入るにはおよばない。本の中に盛り込めそうなイメージを頭の中で転がしてみる。イメージが体によくなじむようにするのだ。血の中に溶け込んで、無理なく書けるようでなければならない。ようするに、考え込んではいけないのだ。構想を感情の動きに変換させるのは、そんなにたやすいことではない。気持ちははやるが、変換は徐々にしか進まない。時間は、はやる心に歩調を合わせてはくれないのだ。だから、ぼんやりした不安がどこまでもつきまとう。魚屋にまで、それがついてきてしまう。困るのは、この怪物が何を食らって生きているのか皆目見当がつかないことだ。街をブラブラする。公園のベンチに腰掛けて、雲が通り過ぎるのを眺める。小さな女の子が犬と戯れているのを見て笑う。雲の下腹が低く垂れ下がって、黒い嵐に重くなっているのに目を凝らす。できることなら、あの腹を割いてみたいものだ。どんな不安やイメージを呑み込んでいるのか、中身が見たい。その先は行き止まりになっている。痴呆の顔。でも、心だけは開かれている。そこに何が入りこんでもおかしくない。束の間の静寂。空気の匂いを嗅いでみる。変哲もない木の葉が落ちるのを前に心が揺り動かされる。以前の時間はあきれるほど呑気だったものだ。今朝の、汚れてしまった時間。人を見るともなく見る。声を聞くともなく聞く。心ここにあらず。どこに行っただろう。どうでもよいことを大げさに受け取る。些細なことから「あれ」が動き出すかもしれないではないか。整理券をとって、魚屋に並ぶ。先程から、誰かが話しかけてくるが、耳を傾ける気持ちにならない。そして、こちらに話しかけているわけでもない人たちの声に注意深く聴き入る。別の人間にならなら、誰にでもなるつもりだ。

魚屋はギリシャ人である。私の前腕をつかんで、セピア色の包み紙に丁寧に包まれた鮭を手渡す。

「旦那、第二作は進んでいますかい」

私には十四冊の著作がある。だが、魚屋はいまだに私の処女作の話しかしない。二十年にもなるのに、いまだに同じ質問だ。私の返事など聴いていないのだ。もう顔が別の客の方に向いている。立ち去る前に、一言、言ってやろう。どんな反応をするかな。

「私は日本の作家になったんでね」

彼の目がこちらに戻って来る。

「どういうことですか、それ？　旦那、国籍でも変えたんですか」

「いや、そういう意味じゃないがね。ただね、今度の新作を『吾輩は日本作家である』というタイトルにしてみたんだ」

魚屋は不安げな面持ちで相棒を見やる。魚を包む役目の若い助手だ。魚屋は、絶対に客を真正面から見ない。

「そんなことしていいんですかね」

「なにが。本を書いてもいいのかっていうこと？」

「いや、そのう、自分は日本人だなんて言っちゃってもね」

「さあ、どうだろうね」

「それって、国籍を変えたいっていうことですか」

「いや、ちょっと違うんだなあ。一度変えたことあるしね。あんなこと、もうまっぴらだよ」

「でも、お調べになった方がいいかもしれませんよ」

「どこか調べられるところがあるかな」

「どうでしょうね。日本大使館とか……いや、あっしがね、朝おきて、夜のうちにポーランド人の肉屋になったなんて言っちゃったら、客が変に思うでしょ」

「ポーランド人の魚屋なら分かるけどね。魚売ってるんだから」

「いや、ポーランド人の魚屋だなんて、もっとやばいですよ」

魚屋は、次の客の方を向きながら言った。

なんにでも口をはさむ男の言うことを聞いていると、そのうち頭蓋骨に不安の針でも突き刺された気分になる。一応念のため、編集者に電話で訊いておいた方がいいだろうな。問題になるとは思えんが。

煩悶する鮭

私には私なりの鮭調理法というものがある。鮭そのものとは何の関係もない。問題は私にある。まずフライパンに水を少量流し込む。それにレモン汁と、薄く切った玉葱、生の大蒜、塩胡椒、唐辛子を少々くわえる。それから、大きな赤いトマトを一つ。トマトは後で押しつぶして、汁にしてしまうつもりだ。これを三分弱、煮る。それから消えそうなくらいに火を弱めて、でき上がったソースの中に注意深く鮭の身を横たえる。普段なら、ここで台所から離れるところだ。そして二十分程したら戻ってきて、米や、付け合わせの野菜を用意するんだ。だが、私はそこに突っ立って鮭の身がかすかに震えるのをじっと見たままになる。理由もないのに不安なのだ。なにが不安かといえば……なにもかもだ。理由？　うまく言えないな。そもそも私の自問など取り上げるほどのものではない。とめどなく問いと答を繰り返し、自分が一人なのを忘れようとするだけだ。でなかったら、こんなにおしゃべりじゃないよ。生きていくという単純なことのためにやらなくてはならないことを思うと空恐ろしくなる。まさに今、不安の波浪が連続して押し寄せてきて私は溺れかかる。胸苦しくなり冷や汗がにじみ出る。向こうにいる母が気がかりになる。このあいだ電話で話したときの母の声はいつもと違っていた。か細い、頼りない声だった。母の声が頼りないのは今に始まったことではない。だが、それにしてもおかしかった。一カ月も前のことなのだが、今になって気にかかる。忙しかったのは事実だ。なにが忙しかったのか。よく思い出せない。さしあたっては、鮭がとろ火で煮えるのを見る以外にやることはない。私が寂しい気持ちになるのは、母が私にもっとまともな職業について欲しかったと思っているにちがいないからだ。五十の歳になっても、私は自分がどんなタイプの作家なのかさえ自覚できていない。そうか、それは考えてもみなかったな。向こうの連中はどう受け止めるだろうな。私が日本作家になったってことを。鮭が静かに固くなっていくのを見る。いつでも私は、心痛を鮭に背負わせるのだ。私は、またもや、煩悶する鮭を腹に収めるしかないのだろう。もはや何に悩んでいるのかさえはっきりしなくなる。新作を書くことなのか、それとも、日本作家になることなのか。根本的な問いがそこから立ち昇ってくる。日本作家とは一体なんだろう？　日本に生活し、日本でものを書いている者のことか。それとも日本に生まれたが、にもかかわらず、ものを書いている者のことか（文字を知らなくたって幸福な民族が存在するのだから）。それとも、日本に生まれたわけでもないのに、それに、日本語を知りもしないくせに、やにわに日本作家になる決心をした者のことか。私は最後のケースだ。よく頭の中にたたき込んでおこう。吾輩は日本作家である。料理用の包丁だけで文章の森に切り込むさ。裸でいい、衣服なんかいらない。

ポケット版アジア

あいにくアジア出身の知り合いはいない。アズィーという名の女の子がいたら、すぐに後をつけてやるんだが。アズィーっていうのは「アジア」のフランス語風発音だが、絹のようでいい。アジアは白刃の剣も思わせる。瞬く間に切り落とされる頸。血の滴るネックレス。脱兎のごとき、疑いない死。あの大陸を想うと、つい十九世紀の探検家気取りになる。部屋に籠もって方針を立てよう。そうだ、スクワール公園あたりをたむろしている男ならどうだろう。どこの男か知らないが。アジアは広大無辺。やつだって、いまとなってはあやふやだろう。長い間、帰国していなければ、故郷は故郷に値しなくなるものだ。国の言葉も忘れてしまったら、国の者かどうかなんて意味がない。

「お兄さん、日本人ですか」

「韓国。韓国人だ」

「日本も韓国も似たようなものでしょ」

やつは憤然と私を睨みつける。

「でも、互いに共通点があるよね」

「なにが？」

「どちらもアジア《アズィー》でしょ」

やっぱり、この語はいい。アメリカ大陸からもっとも近い大陸だ。一方に年老いた大陸、他方に新しすぎる大陸。そして、どちらもAで始まる。目の前に生身の人間がいるのに、記号の世界に閉じ籠もってしまったようだ。私のヨーロッパ的な悪癖だ。

「で、なんの用だ」

「日本を体験できないかな」

韓国人は、私の言うことをどこまでまともに受け止めてよいのやら戸惑っているようだ。私は、表情を崩さなかった。私には至って単純なことなのだ。どこまでも本気なのだから。すべてに本気だし、本気なものは何ひとつない。いつだって人生をそんな風に生きてきたのだ。私だって、私の内の何が本当で、何が嘘かなんて見分けられないよ。そもそも、その間に境目があるとは思えない。正直いって、何が本物かみたいな話をされたら虫唾が走る。つまらなすぎて死んでしまう。死ぬといっても、私の場合、それは現実的な問題なのだ。目の前で本家本元の講釈をするやつがいると、文字通り息が詰まるんだよ。人はどこかで生まれるのさ。その後で、自分の根をどこにするのか決めればいい話だ。にわかに男は私が探し求めているものの見当がついたようだ。

「カーマ・スートラだろ？」

「それはインドだ」

「もちろんさ。でも、みんな、日本のエロスの世界だと思い込んでる」

「おれはみんなじゃない」

「だから、なにがほしい」

「雰囲気だよ……香とか、色とか、衣擦れとか」

「若いホモなら知っているが」

「女だったら、もっといいな」

「中国の双子はどうだ」

「中国なんか御免だ」

「みんなアジアだろ。あんた、そう言ったろ」

「地理は別だ。そういう意味じゃないんだ。おれに言わせれば、日本は男性名詞で、中国は女性名詞だ。中国はこちらがやる立場だが、日本はこちらがやられる立場だ」

「中国をやれると思っているのか。韓国じゃ、どうしていけないんだ」

「流行の先端は日本だからね」

「カメラをもった働き蟻なんぞ」

「東京の子をほんとに誰も知らないのかい」

「誰か思い浮かんだら教えてやるよ」

「一つ質問してもいいかい。韓国に帰国しなくなってからどのくらいになる?」

時間と空間を合わせた質問だ。

「憶えてないな。パスポート失くしたし」

「おまえ、自分の国をどこに仕舞っておくんだ」

「ポケットの中だよ」

彼の目が異様に光った。私はスクワール広場の小さな本屋に足を向けた。本を一冊(芭蕉の『おくのほそ道』)、注文していたのだ。後から駆け足で近づいてくる音がする。振り返ると、さっきの韓国人だ。

「おい、喉が渇いた。おまえにさんざんしゃべらされたからな」

「だから?」

「ビール代でいいよ」

「おまえ、なにをくれた？」

「おまえ、なにがほしい？」

「アジアって言っているだろ。とくに日本」

彼は私の前で踊りを踊るように体をひねった。体全体でものを考えるやつがいるものだ。ビールがほしくてたまらない気持ちも作用している。

「わかった。歌手でもいいか」

「それで充分だ」

「保証しないがな。どこにいるかなら言ってやる……二〇ドルでいい」

私は黙って二〇ドルを握らせた。

「〈カフェ・サラエヴォ〉だ」

「歌手の名は」

「ミドリ」

場所と名前。これだけあれば、小説が始められる。

背筋を伸ばした人生

時間と空間をめぐる、したたかな戦争がある。アイデンティティとは、警察的空間によって配給されるものだ（おまえはどこの人間だ、というわけだ）。食人種の時間に生身を食い尽くされるわけにはいかない。カリブ海に生まれたからというので、私は自動的にカリブ海作家にされる。本屋も図書館も大学も我先にと私にそんなレッテルを張り付ける。作家で、かつカリブ海の人間だからといって、私はカリブ海作家だということにはならない。なんでも一緒くたにしたがるのはどうしてだろう。実を言えば、私にはカリブ海の人間という意識はみじんもない。生涯ベッドで過ごしたようなプルーストと比べたって私の方がカリブ人だとは思わないのだ。少年時代、私はいつも走り回っていた。あの流れる時間がいまでも私に住みついている。いまでも私は、夜毎、熱帯性暴風が吹き荒れる夢を見る。すると、少年時代の中庭に、ずっしりとした甘いマンゴーが落ちるのだ。雨の降る墓地。四月の朝、初めて見た透明な羽を伸ばしたトンボ。村の人々をなぎ倒し、私の初恋も奪い去ったマラリア。黄色いワンピースの子だった。そして私は熱病にかかったように、毎晩、シーツを被って三島由紀夫を読んでいた。三島とは誰なのか教えてくれる者はいない。誰の持ち物だったのかもう覚えていないが、あれらの本がしっかりとしまいこまれていたのだ。あの眠りほうけた小村にどうしてあんな本が迷い込んだのだろう。私の五人の叔母の内の誰かが由紀夫にほれ込んだのだろうか。叔母の恋人たちがよく家に遊びに来たが、彼らの内の一人のお気に入りだったのだろうか。一人の作家がどんな道筋を通って一軒の家に入り込むかなんて、いつでもはっきりしているわけではない。私が読みふけったのは、この現実という牢獄から抜け出すためだった。とはいえ、三島の中に逃げ込んだのではない。私にとって文学が逃避だったことは一度たりとない。三島だって、自宅に閉じこもるために書いたわけではないと思う。人はいつでも余所で、自分の家とも他人の家ともつかないような所で出会いを果たすのだ。あの空間、想像域と欲望の空間。そして、三十五年後、私は再び少年時代の熱病にとりつかれている。もし時が円環状をなしていて、地球が太陽の周りをめぐっているのなら、かつての三島時代が再び私の前を通りすぎるのを見るには、ここにしばらく立ち止まっているだけでいいはずだ。断っておくが、私は三島自体にとりつかれたことはない。少年だった私は、古い家具の奥に押し込まれていた三島の小説とラム酒の瓶をたまたま一緒に見つけただけなのだ。まずは熱い炎が喉を下っていった。それから私は本(『午後の曳航』）を開いた。すると母音と子音の一群が飛び出てきて私の顔に降りかかった。しばらく前から待ち受けていたのだろう。そんな時には、選り好みしている暇はない。どんな色をしているかなどどうでもいい。三島の本だって、「おや、日本のなじみの読者が来た」などと思いやしない。私も仲間内の目配せや、分かる人にだけ分かる色や、共有される感受性を探し求めていたわけではない。目の前の宇宙に頭から飛び込んだまでだ。家から遠くないところに流れている小さな川によく飛び込みに行ったが、それとたいして変わりないのだ。私はろくすっぽ著者の名前など見なかったから、日本の作家だと知ったのは、それからずいぶん後になってからだ。当時の私は、作家とは追放された人種で、ありとあらゆる言語で物語を語りながら世界中を放浪している者たちだとばかり思っていた。それが、彼らの犯した忌まわしい罪に下された罰だった。ユゴーもトルストイも徒刑囚だった。なぜって、そうでなければ、どうしてあの長大な小説、私が夜かくれてむさぼった小説を書けるのか説明がつかないではないか。作家たちは足を鎖につながれ、岩にうがたれた巨大なインク壺の横に座っているのだろうと思い描いていた。後になって私が分厚い本を書くのを控えたのは、子どもたちを怖がらせたくなかったからだ。私は唖然とするしかなかった。作家の出身地がさも大事なことでもあるかのように語られるからだ。私にとって、三島は隣人だった。私はろくに注意もせずに、手当たり次第読みちらした作家という作家を自分の国に引き入れたのだ。ありとあらゆる作家を。フロベール、ゲーテ、ホイットマン、シェークスピア、スペイン黄金期のロペ・デ・ベーガ、セルバンテス、キプリング、セネガルの詩人サンゴール、マルティニックの詩人エメ・セゼール、ハイチ現代文学の創始者ジャック・ルーマン、ブラジルのアマード、フランス十八世紀のディドロ、生まれた国は違っても、どの作家も私と同じ村に住んでいた。そうでなければ、どうして彼らが私の家に居合わせたのだろうか。何年も経って、私自身が作家になると、よく質問を受けた――「あなたはハイチの作家ですか。カリブ海の作家ですか。それともフランス語圏の作家ですか」。私は、読者の国籍が私の国籍だと答えた。ようするに、読んでくれる人が日本人なら、私はたちまち日本作家になるのだ。

地下鉄で芭蕉を読む

　私は、芭蕉の本（ニコラ・ブーヴィエ訳『おくのほそ道』）を携えて、地下鉄の駅に潜っていく。世界の日本ブームの先駆けとなったブーヴィエには数年前、トロントで会った。二人でコーヒーを飲んだ。精悍だが疲弊感も漂っていた。テーブルにぴたりと寄せられたスーツケース。空港から空港へ移動する合間の落ち着かない会話。彼はニューヨークに向かう途中だった。会話はアステカの富裕層の話に終始した。労働者への支払いは酷いもので、日に十二時間は働かされていたにちがいないとか。その建造物もいまでは雑草に覆われてしまったとか。タクシーが到着。彼の浅黒いといってもよい横顔に汗が滲んでいた。すでに勘定に心を奪われている。車が細かい雨の中を走り去る。あれから年月が経過した。ブーヴィエの伝説は説明がつかないほど肥大化している。取り巻きたちが聖人の一種に仕立てたのだ。そのニコラ・ブーヴィエが、芭蕉の翻訳者として私に戻ってきた。芭蕉は拾い読みしたことはあるが、通読したことはない。

詩人は東北へ向かう徒歩の旅を語っている。地下鉄の中で読む。白河の関所を求めて行き暮れる芭蕉の足どりを、モントリオールの揺れ動く地下鉄の中で私は辿っていく。なにもかもが動いている。動かないのは時間だけだ。私は、時間同士が衝突して、空間が交差するのに心を奪われ、まわりに気を配る余裕はない。ふと、正面の、にこりともせず私を見ている娘が目に入る。スリムな身体。黒く、一筆でひかれた目。名前はイサにちがいない。私の視界を横切る者は、たちまち物語の人物になるのだ。文学と人生の間に境界などない。私は再び本の中に戻った。最後の旅支度に心を砕く芭蕉がいる。窮屈な日常生活にこれ以上耐えられないのだ。時もまた流れる。「月日は百代の過客にして、行かふ年も又旅人也」と、淡々と語る放浪の詩人。再び旅路につき、「道祖神のまねきにあひて、取るもの手につかず」成り行きに身を任せるのだ。彼はものを置いていく。最低限必要なものさえ。携えていくのは、夜の底冷えに備える「紙子」一枚、雨具、ゆかたのみ。それから、物書きなので、筆、墨を入れる「矢立」を袋に忍ばせる。この僅かな必需品でさえ重すぎるのだ（路頭の煩となれるこそわりなけれ）。おのれさえ持すればそれでよい。許されるのなら裸でもかまわない。私が芭蕉の詩を発見したのは、米を包んでいる新聞だった。それ以来、芭蕉の足跡を探し求めてきた。本屋に入るや、芭蕉の本がないかと探し歩いた。この男は、ほんものの情感の科学を身につけている。偏屈ではある。そんな歳になって旅に出なければならない理由など何もないが、旅立ちを決めると誰ひとり彼を思い止まらせることはできないのだ。曾良《そら》がお供をして日々の世話を焼いた。二人は、明け方、旅路に出る。まもなく那須の沼沢地帯を通りすぎる二人が見える。俄か雨に襲われて、苫屋で夜を明かす二人。芭蕉は意気揚々として見える。彼の風狂とは運動そのものなのだ。彼が動くと、風景もそのまま動く。

モントリオールの地下鉄で松尾宗房《むねふさ》、またの名を芭蕉という男の足跡を辿っていく。一六四四年、伊賀の国、上野に近い柘植に生まれた。杜甫を愛した。芭蕉と曾良は名高い白河の関所に着いたことを、感動とともに描いている。阿武隈川を渡るときには、「左に会津根高く」聳えているのに目を見張る。彼らは、栗の木の下に草庵を結んで隠棲している僧のところに立ち寄る。芭蕉は、僧もさることながら、栗の木に深く心を動かされ、俳句に詠む。自分の名前の元になっている芭蕉の木にも思いを寄せたことだろう。六月、雨は降り続いた。

顔を上げる。イサがまだそこにいる。動いたものはなにもない。地下鉄は別だが。芭蕉に戻る。松島！　いつの日か、いつの日かと二人の旅人は夢見てきた。そこに、ようやくにして到着したのだ。二人は雄島の磯に赴く。松島に芭蕉は声を失う。散在する島々。すべてに雅が漂う。中でも松は「みどりこまやか」で、芭蕉はその気品を讃える。彼は、衣川が流れ込む北上川を望み、死の想念に身を委ねる。

旅路はいよいよ困難をきわめる。笹の茂みをかき分け、急流を渡り、岩に躓く。「肌につめたき汗を流して」、急勾配の峠を越えて、最上に辿りつく。二人の旅人は先を続ける前にひとまず休息する。最上川を船で下るつもりだが、天候がすぐれず、川下りまで数日待たなくてはならない。村人の中に芭蕉を知る者がいて、教えを乞うて言う――「ここに古き俳諧のたね落こぼれて、忘れぬ花の昔をしたひ、芦角一声のこころをやはらぜ、此道さぐりあしして、新古ふた道にふミまよふといへども、道しるべする人しなければ」。芭蕉は、俳諧連句の会に出席する。なんという細やかな精神の持ち主なのだろう！「みちのくより出て、山形を水上《みなかみ》とス」最上川。

いつでも居場所を書きとめ、他の詩人たちが同じ路を辿れるように心を砕く芭蕉がいる。いにしえから綿々と続いている、共に興じる、大いなる心がそこにある。芭蕉が伝えようとしていることは、詩人は数多といえども一つであり、同じ一つの息吹に生かされているということだ。この道は、誰にも同じ道であり、詩人がそれぞれのやり方で、自分の時の中で歩む道なのだ。地下鉄の車両がいつのまにやら止まった。急ぎ足の乗客たちの中にイサの背中がちらりと見えた。ほっそり華奢な首。寂しげなうなじ（私は、自分の寂しさを彼女のうなじに投影している）。電車が再び動き出した。

〈カフェ・サラエヴォ〉、愛の交わり

〈カフェ・サラエヴォ〉なんて聞いたことがないな。だが、場所がいい。地下鉄の駅からも遠くない。私はバスよりも地下鉄の方が好きだ。地下鉄で見えるのは人の顔だけだ。バスに乗ると、外の景色だけになる。地下鉄の穴から出て、左に曲がる。カフェに入る。感じは悪くない。こういうカフェが、どんな小さな街にも一つくらいはあるものだ。あのジョーン・バエズの音楽にはまったことがある人なら、いつかはここを嗅ぎつけてくる。時代のレーダーからいつのまにか影が消え、どこかに潜り込んでしまった人々が集まる場所。〈カフェ・サラエヴォ〉はそんな場所なのだ。ここで「朝日のあたる家」のジョーン・バエズに会えるとはさすがに思っていない。スザンヌ・ヴェガだって来ないさ。時の車輪が廻ったのだ。私があえて来たのは、ミドリのためだ。日本の新進歌手で、時々ポップ・ミュージック専門のケーブルテレビ局〈マッチ・ミュージック〉に出演することがある。彼女のことは知らなかった。あの韓国人から教えてもらってからは、どこに行っても彼女の名前が聞こえてくる。えっ、ミドリを知らないんですかっていうわけだ。バーのトイレに入ると必ず彼女のポスターが張ってある。どんな感じなのか言うのは難しい。彼女の顔が水の中で少し歪んでいるのだ。息を詰めている。写真家は最後の瞬間まで待ったのだろう。もうこれ以上我慢できないという瞬間まで。半ば恐怖に捉えられ、目が大きく見開かれている。ピンク色の鼻翼が透き通って、喉が太くなっている。シャッター音。体が水の外に飛び出す。口から、鼻から、目から水がどっと流れ出る。繁華街に行けば、同じ名前が囁かれている。ミドリ。言語はまちまちだ。モントリオール初の日本人スター。ロケット・ミドリが遊星ビョークめがけて発射される。東洋的な風貌をしたアイスランドの天才歌手ビョークへ。それにしてもビョークなんて、喉が締めつけられる音だ。水中を潜る声音のようだ。なんと芭蕉がコメントをつけている。たまたま、ニコラ・ブーヴィエの訳を見つけた。

静かな古い池
蛙が飛び込む
水の中の音
〔古池や蛙飛び込む水の音〕

ミドリは平らなオブジェで、輪郭が尖っている。首があったらすぱっと切れるほどで、数秒してからようやく首が落ちるのだ。赤い真珠の首飾り。ミドリは〈サラエヴォ〉で自分の武器を研いでいる。私は隅の一番暗い席を選んで座った。給仕の女がたっぷり三十分もしてから注文をとりに来た。グリーン・ティーにする。カフェはいつまでもガラガラのままだ。藪から棒にジョーン・バエズ。ジョーン・バエズが聴けるなんて、〈サラエヴォ〉のようなカフェぐらいだ。こんな雰囲気なら、私も生涯最期の日までジョーン・バエズを聴いてもいい。次にレナード・コーエンが、「スザンヌ」、あの、一九七〇年代のモントリオールを痺れさせた、情熱と怠惰の入り交じった曲を歌う。ケベック「静かな革命」時代の自由な感性を英語で歌った男だ。私には、もう給仕の女の好みが手にとるように分かる。小柄で、亜麻色の髪の、鼻にリングをつけた、瞳がキラキラした女だ。私は芭蕉に戻る。旅というアイデアはいいが、自分で旅路に就くのはなんだかためらわれる。どこに行けばいいのか。旅人は、遅かれ早かれ戻ってくる。そうでなければ旅人ではない。自分の部屋に残って、旅人の帰還を待つことにしよう。客が入ってきた。壁に沿って座るので、店の中央が空いたままだ。中央の席に座るのが好きな者たちはもっと遅れて来るのだ。勿体をつける客は半時間もすれば店が満席になるだろうと踏んでいる。ちっぽけなカフェの常連には、それは見た目ほど簡単ではない。客には一人一人に意味があるのだ。給仕の女はマスターに電話をかけて、バイトの人数を増やすかどうか相談している。どうかしたのかい。店にもう十五人くらい客がいるのよ。この時間なら、普通どのくらいいるんだい。七人くらいね。で、どんな様子なんだ。初めての客がいてね、グリーン・ティーを注文したわ。グリーン・ティーか。客になってくれるかな。たぶんね。で、どうすればいいんだ。あと二人、増やしてほしいわ。わかった。仕事をしている君が一番よく分かるからな。給仕の女は受話器を置くと、こちらを振り向き、にっこり笑った。私は、ティーのお代わりをしかねた。バイトの給仕がまた一人増えたらことだ。

私はトイレに邁進した。黒一色だ、床のタイルまで。婦人の化粧室みたいだ。ポスターを見れば、客層が分かる。客の好みがそこに出ているからな。ここは、ミュージシャンの店だ。ポスターがそう語っている。中世歌曲の合唱の隣に、肩をほぐす鍼師の住所。ヨガの教室。あるヨガ師を訪問するインド旅行。それから、ミドリのポスターが何枚か。ここはまさにミドリの本拠地だな。エール・フランスのシャルル・ドゴール空港、アメリカン・エアラインのニューヨーク、アリタリアのローマのようなものだ。ミドリの〈カフェ・サラエヴォ〉なのだ。ミドリのヌード・ポスターがある。ぼかしてある。どうしてもはっきり見えない。細い体、スレンダーな腰、ふくらみのない胸。きれいに剃られたセックス。もっこりしている。ミドリのセックスの前に立ちつくす。席に戻った。客で一杯になっている。ボクシングのリングだ。パフォーマンス。大きな目を黒く縁取った化粧をして、「パンクの母」ニナ・ハーゲンに化けた娘がカメラの前で身をよじっている。人が倒れかかる。客席も舞台もない。目まぐるしい動き。マイクを取った男が、原油価格の高騰について一席ぶつ。次の男はアフリカの飢餓を語る。精神が跳躍した七〇年代への回帰だ。また別の男が出てきて、今日の午後のフォーミュラー1がすごいレースだったという話をはじめるが、それは遮られる。史上最高のレーサーはサンマリノ・グランプリで事故死したアイルトン・セナだと怒鳴るのが精一杯だった。客席からは、それはジル・ヴィルヌーヴだよと、壮絶な事故死をとげた地元ヒーローの名が連呼される。舞台も客席もあったものではない。あちこちから腕が挙がって、なにかを要求している。ニナ・ハーゲン役が、そばに座っている女客に口づけをしてほしいと頼み込む。客の方は、二十年前の内気そうなスザンヌ・ヴェガを思わせる。そっくりさんの世界。ヴェガには連れがいる。男は不安な面持ちだが、すぐにニッコリする。ニナ・ハーゲンが身をかがめて、左の目にやさしく口づけをする。客たちは心を揺すられるが、まだ満足しきってはいない。今度は右目。同じようにそっと口づけをする。息を呑んだ客席。異性愛の男たちの感受性なんて石器時代から変わっていない。ニナ・ハーゲンは客席にお辞儀をして座ろうとする。客席から抗議の声。ハーゲンが再び立ち上がる。だが、先を急ぐ様子はない。彼女は客を捉えて離さない。濡れ場なんて、そんなこと、大したことではない。それにどんな意味を与えるかが肝心なのだ。ヴェガ役の娘も、しびれを切らしているようだ。ハーゲンは落ち着いたものだ。愛の交わりがあることは分かっているが、それがなにを引き起こすのかは誰にも分からない。私の隣の男は爪を噛んでいる。ハーゲンは身をかがめ、まずヴェガの首筋に口づけ。次は目。その度に、客席からもっとやれという声が上がる。ハーゲンはヴェガの首に手を当てて、相手の目をじっと見る（客たちは、本物のハーゲンとスザンヌ・ヴェガだったら、どうなっていただろうと思う）。〈サラエヴォ〉の最も長い愛の交わりだ。果てしない抱擁はヴェガに体、そして心の底まで感じ入らせたようだ。ヴェガが薄目を開くと、ハーゲンの舌が彼女の舌に触れる。ハーゲンの熱した、相手に有無を言わせない黒く大きな眼《まなこ》。ヴェガの目は訴えかけるように従容としている。何もかも客席の期待を凌駕していた。ハーゲンは、ヴェガを抱擁しながらも、連れの男から目を離さなかった。男は席を立って、外に出て行った。客たちが目で男を追う。ハーゲンはヴェガを抱擁したきり離さない。ヴェガだけが、連れの男が出て行ったことに気がつかない。熱が引いていった。いまやハーゲンの肩に身を寄せて眠ったように目を閉じている。客席は沈黙が支配している。連れの男が戻ってきた。ヴェガが目を覚まし、微笑する。ハーゲンは観客に挨拶を送る（いまや満席だ）。〈キッシング・プロダクション〉のショウが終わった。拍手と素人カメラのフラッシュの中を三人がカフェを出て行く。給仕の女たちが三人忙しそうに動いている。

エッフェル塔の日本人

カメラを持ったことはないな。なんの役に立つのか、いま一つ呑み込めないのだ。写真を撮っても私が後で見なかったら、こんなつまらない発明はない。すでに申し分なく機能しているカメラが私にはある。この頭蓋の箱だ。私は、この中に私の五十年分の映像を分類整理しているが、映像の大部分が反復されるので、私の日常生活の生地になっているほどだ。あの、微小な連続的爆発による日常生活のことだ。電気的生命と言おうか。そんな映像群は私だけのもので、他人にはアクセスできないという反論もないではないが、必ずしもそうではない。私は映像を精確に描き出して、人々の目の前に連続的に繰り出すことだってできるのだ。それどころか、感情に変換して見せることだってお手のものだ。眼前の人物を描かなくても、この現在時に生命を与えているエネルギーを喚起するだけで、瞬時に、その人物を語ってみせることができる。一枚の写真の上に、われわれの前で繰り広げられている物語の横糸を成している情動が見えることなんてめったにない。誕生日の写真なら、火を灯した蠟燭の後に子どもの目が輝いているのが見分けられることもないではないが。もちろん、レンズを見つめている人々がほとんど故人になってしまうほど古くなって、セピア色になった写真から郷愁の香りが漂っていることもないではない。私が頭の中に保存している写真はどれも、そこに根を下ろしている。映像は頭の中で我先に前景を占めようとぶつかり合う。世界のあちこちで写真を撮りまくる日本人に、世界は見えているのかな。写真撮影の二つの被写体、つまり旅の伴侶と、その背後に控え目に写っている記念物が見えているのかさえ怪しいものだ。エッフェル塔がそこに写っているのは、もっぱら彼がパリを通過したことを見せるためである。だが、地球上の名所という名所で判で押したようなにこにこ笑いをしてみせても、笑いはそこに流れていたはずの親密な時間を消し去ってしまうだけだ。そうなれば、日本人はエッフェル塔に負けないくらい、時間の外に出てしまうのだ。むしろ、エッフェル塔が、作り笑いを見せる日本人を前において写真を撮らせたと言った方がいいのかもしれない。

ヴォドゥ人形ビョーク

観客の目が〈キッシング・プロダクション〉の三人に釘付けになっている間に、私は〈サラエヴォ〉のトイレの壁に貼られたポスターを見てきた。ベルリン、パリ、ミラノ、東京、ロンドン、ニューヨーク公演。ローマとアムステルダム、シドニーでも公演があった。〈キッシング〉は、すでにこれらの都市で熱狂的に迎えられたのだ。モントリオールはリストの最後に来ている。もいのいと人が売買される商品システムが充満している世界。昔はシルクロードであり、砂糖貿易であり、香辛料交易だったが、今ではプロのテニス、ゴルフ、環境問題専門家、経済先進国首脳会議が巡回している。ずいぶん錯綜した交易網だ。自然の中に没入するなんてもうできない相談だ。自然の領域もどんどんその中にはめ込まれているのだ。働く者には日々の通勤路がある。労働者居住地区から工場までの経路は帰りも同じだ。毎日同じ景色を眺める五十年間の往復。〈キッシング・プロダクション〉は、ファッションショウの後を追っている。あわよくばファッションモデルとの結婚を狙うロックスターたちが通る路でもある。〈キッシング・プロダクション〉は、ロックスターたちの世界とも、トップモデル、ケイト・モスの世界とも没交渉だが、稼ぎの種をついばみに同じゾーンにたむろしているのだ。ファッションと、地球規模の音楽は大いなる旋風を巻き起こし、その黄金色の航路に色とりどりの人々、活力に溢れ、クールで、異議申し立てを生き甲斐にしている群衆を引き込んでいくので、煽動する指導者が指をちょっと動かしさえすれば、彼らは〈カフェ・サラエヴォ〉から、今晩ビョークの公演がもたれるスタジアムに向かうこともできる。ビョークが〈カフェ・サラエヴォ〉に来るというのもありだろう。〈カフェ・サラエヴォ〉のビョークなんて、心踊るポスターじゃないか。〈キッシング・プロダクション〉がビョーク公演の前座を務めるというわけだ。そのためには、時が加勢してくれなくてはならないな。公演予定日より一日早く到着するビョークというのはどうだろう。なぜって、ビョークはモントリオール近代美術館の大がかりなヴォドゥ展を観に行きたくてたまらないのだ。ハイチ絵画の巨匠展。ハイチを訪れたアンドレ・マルローが絶賛した農民画家たちのことだ。一九五〇年代、マンハッタンのメロン銀行で企画された展覧会以来の海外展なのだ。ビョークがヴォドゥ〔英語ではブードゥーと呼ばれる〕に好奇心を抱くということにしようじゃないか。ビョークは、少女の頃、ヴォドゥ人形をプレゼントしてもらったことがあるのだ。ところが、ビョークはその人形に自己同化してしまった。自分をニグロの少女に見立てて、お人形を隠してしまうビョーク。なぜって、いけないことだからね。ビョークが人形に話しかけ、人形がビョークに答える。ビョークは歪んだ微笑みを浮かべている。お利口で、清純なアイスランドの少女ではなくなって、口から血を滴らせているヴォドゥ人形を見つめている。人形が少女ビョークに乗り移ってしまった。それ以来、ビョークは背が伸びなくなった。人形ビョークになってしまった。そのビョークがヴォドゥの画家たちに会ってみたくて、どうしても、この展覧会を訪れたいというのだ。みな一九四〇年代に見出された画家たちだ。いまも生命にあふれているが、いったいどうしてそんなことが可能になるのだろうか。人形の眼差しが闇の底に鋭く光っている。ビョークが雑誌のページを繰っていると、モントリオール展のアナウンスが目に入る。その時、ビョークはどこにいたのだろうか。パリか？　ロンドンか？　ニューヨークか？　ベルリンか（ベルリンを忘れるわけにいかない）？　それとも、ローマか？　ホテルの部屋の中だろうな。ホテルの部屋は世界の領土だからね。白いシーツ。魔術的数字。ビョークはお忍びの時、世界中どこに行くにも一七号室を予約する。プロデューサーに電話。そしてコンサートを一つキャンセルしたいと言い出す。メルボルンのコンサートだ。展覧会が終わる前にモントリオールに着きたいのよ。女性プロデューサーは、展覧会の会期を延長してもらって、ビョークが観に行けるようにするのが得策と思い込む。ただちにモントリオールに電話。ビョークの名前を出すだけで、近代美術館の学芸員に繋いでくれたが、あいにく学芸員は休暇でバーミューダ諸島にいる。学芸員は「深い感銘を受けた」と挨拶。ビョークからの電話なんて。いや、彼女のプロデューサーからの電話だが、ビョークの名でかかってくるなんて。「私も追っかけファンでしてね。……いや、本当を言えば私ではなくて、妻というか……いやその、娘なんですがね」。学芸員は口ごもり、収拾がつかなくなる。電話口のプロデューサーは含み笑いをする。冷静になれないのも無理はない。あの小柄な女性は、その名が告げられるだけで、現代文化の秀でた批評家もドキマギするくらいなのだ。ビョーク、それだけでいいのだ。ビョーク――あまり美しい響きではないけれど。「それで、ビョークのために会期を延ばしていただけますか（見下した口調で）」「もちろんですよ。ただですね、そのような決定は私一人ではできかねますな。理事会の承認がないとね」「なんですって！　面倒ね。理事は何人いるんですか」「七名」「それで、すぐ集まれるんですか」「私と同じで、みな休暇中ですよ」「どこで」「そこまでは分かりかねますな」「じゃあ。仕方ないわね」。女プロデューサーは、このような緊急事態を専門とするエージェンシーに電話する。このエージェンシーは、いともたやすくビンラーディンと電話で連絡をとることに成功し、ブッシュに電話を繋いだことがあるらしい。エージェンシーの一番最近のお手柄は、カナディアン・パシフィック社長の娘がタンジールにいるのを突き止めたことだ。それも、娘が好きなものが太陽と砂浜と孤独だという情報だけで、ほかの補足情報は一切なかった。娘は携帯電話を持って行かなかったし、友人の誰一人として彼女がどこにいるか見当もつかなかったのである。エージェンシーは、娘の消息を求めて、膨大な数の人々にコンタクトを取った。その中にはダライ・ラマやフランスの作家ジャン＝マリー・ギュスターヴ・ル・クレジオもいたそうだ。このエージェンシーが記録的な速さで、近代美術館の理事全員（先程も出てきたように七人いる）の居場所を突き止めてくれたのだ。理事たちはすっかり気をよくして、誰もがビョークに会いたくて戻って来たのである。女プロデューサーがビョークに電話。「万事うまく行ったわ。美術館はあなたのために会期を延ばして待っているそうよ」。

素朴画の絵描きたち

それで、ヴォドゥの絵描きさんたちは？　それって誰のこと、ビョークさん。展覧会と一緒に来ている画家たちよ。いや、絵画を観にいくわけで、画家に会いに行くわけじゃありませんよね。もちろんよ。でもね、わたしの音楽だって、みんなは聴くだけで満足しないわよ。わたしが直に行って演じてほしいのよ。料理でもシェフ本人が見たいのよ。テレビに料理番組がやたらとあるのもそのためでしょ。デザイナーと衣装、それからみんなを代表して衣装を着るモデルを同時に見たがるでしょ。なんでも見たがるものなのよ。あなたの仕事だって、そのためでしょ。あなただって、みんなにわたしを観てもらうために働いているわけよ。いまさら知らなかったなんて言わせないわよ。そんなこと承知していますわ。この電話だって、わたしの耳の延長ですものね。それならいいわ。わたしはヴォドゥの画家たちに会いたくてたまらないのよ。画家の一人一人と知り合いになりたいのよ。ええ、どうしてもとおっしゃるなら、そりゃあ。わたしのわがままだと思うなら、一緒にやっていけないわ。わがままですって。あなたと働くようになってから、わたし、現実と空想に区別をつけたことなんかありませんわ。あなたは、あなたのおとぎ話の世界に生きている、そうでしょ、ビョークさん。あなたにとっては、その世界が普通の世界で、びくともしないものなのよね。その上を歩いたって平気なの。でも、わたしは、その世界を売らなくてはいけないんです。誰に売るのかと言えば、現実とは、日に八時間会社の中に閉じ込められ、鼠色の服装をして、お金があればなんでも買える、想像だって買えると信じこんでいる人たちよ。私は、そんな人たちに納得してもらうようにするのよ。ビョークの世界の方が遥かにリアルな世界だってね。人々がビョークの前にひれ伏すのは、ビョークが鏡のプリンセスだからよ。そんなこと言われなくても分かっているわよ。だから、画家たちに会わせてくれればいいのよ。ところが、そんなに簡単でもなさそうなんです。あなたがおっしゃるような偉大な人たちなら、あなたがアイスランドの王女だろうと、〈シルク・ドゥ・ソレイユ〉のクラウンだろうと、鼻にもかけないにちがいないわ。画家のことを言っているのじゃないわ。美術館の理事たちのことよ。それなら、お安いご用です。うまく話をつけてみせますわ、ビョークさん。展覧会を一日か二日延長してもらいましょう。二日の方がいいわ、とビョークの世界巡業プロデューサーが諦めたように携帯電話に向かって言う。オーケー。それならビョークはあなたのことが好きよ。学芸員は、バーミューダ諸島で顔を赤くしていることだろう。その赤みが、パリ、ベルリン、ロンドン、ローマ、ミラノ、シドニーまでも染めるだろう。ビョークが今どこにいるのかは全く不明だ。少女がお人形遊びをしていた相手は、ヴォドゥの女神、それも最も恐ろしいエルジュリー・ダントールだが、いまや少女は世界地図を自分の衣装ダンスだと思い込んでいるのである。都市の名前が曜日になってしまっている。火曜日と言う替りにベルリン、木曜日と言う替りにミラノ。学芸員から電話が来る。まことに残念ですが、ヴォドゥの画家はビョークさんのために帰国便を遅らせるつもりはないそうです。ええ、よくご説明しましたが、なんのことか分からない様子で……。ビョークは有頂天になる。まさにそれを期待していたのだ。メルボルンはキャンセル。土壇場になって一都市がキャンセルされるのは、今回が初めてじゃない。ビョークの地図からメルボルンが消えた。日付を消すのも都市を消すのも意のまま。ヴォドゥの画家たちはビョークを待ちはしない。おまけに、大部分の画家はもうとっくに故人なのだから。星《スター》なのだ。画家たちは、狭苦しい部屋に閉じこもって、塩気を抜いた料理を食べ、光を好まない。誰とも会わないし、ホテルの従業員としか口をきかない。美術館側は、彼らのために七部屋用意したが、彼らはバラバラになりたくないのだ。帽子をかぶった男たちの小さな集団が一つの部屋の隅にかたまっている。壁に映っている半影。あのボストンから来たアメリカ人デウィット・ピーターズ、ポルトープランスのリセ・ペティオンで英語の先生をしていた、あのアメリカ人が、一九四四年、ハイチに足を踏み入れるや、画家たちを発見したのだ。彼は国の各地を訪れた。サンマルク市に向かう途上、奇怪な絵の描かれた門を見た。人間の顔をした蛇だった。ダンバラではないか！　寺院（ホーンフォール）の中に入ると壁に絵がくまなく描かれてあって、異次元空間に迷い込んだかのようだった。エクトール・イポリットの宇宙だ。ヴォドゥ絵画の巨匠である。シュルレアリスムの首領ブルトンは彼にすっかり夢中になった。卑近な所に無数の夢の世界が開けているのだ。デウィット・ピーターズは、芸術センターの開設を触れて回った。ポルトープランスのタクシー運転手リゴー・ブノアが、最初に新芸術センターの内奥に入った。「タクシー運転手」と題された自画像を引っさげて。小さな帽子を軽く頭に乗せていた。次に殿堂入りしたのは、ジャスマン・ジョゼフだ。あの、兎しか描かない男。五十年間、ひたすら兎を描きつづけた男。ジャスマン・ジョゼフとリゴー・ブノアは対照的な存在（一方は、背が高く痩身で、一瞬たりともじっとしていない。他方は、小柄で腹が突き出ていて、晴々とした表情をしている）だが、二度と離れればなれになることがなく、手に手をとって栄光の道に入って行ったのだ。ある朝、一人の青年が仕事を求めてやってきた。センターはちょうど清掃人を一人必要としているところだった。青年は、毎朝、掃除をしてからセンターの扉を開けるのが仕事、ということになった。彼は画布を眺めては時を過ごした。そして箒の代わりに絵筆をもとうと決心する。それがカステラ・バジルである。デウィット・ピーターズは、田舎に住む友人に会うことになった。途中クロワ・デ・ブーケに回り道をしてみた。いつも人でごった返している市場が催されている小さな町だ。ピーターズは墓地を訪れるのが好きだ。彼にとって、墓地は野外美術館なのだ。彼は、ジョルジュ・リオトーの重々しい十字架を見つけ出す。見すぼらしい墓が並んでいるところに堂々たる十字架が建っていたのだ。偉大な彫刻家はそこから遠くないところに住んでいた。ピーターズは、彫刻家に会いに行き、彼に芸術家になってもらうように説得する。たやすくはなかった。レオトーは軽々しい男ではないのだ。プレフェト・デュフォーが、ある朝、「想像の都市」の第一作目をもってきた。彼は、ピーターズの若い助手モノジエに、未来都市を観想させてくれたのはエルズュリーだと、話をした（あるいは聖母かもしれない。彼自身、どちらなのかはっきりしていないのだ）。初めは、絵の街に人影はなかった。そこに住人の影が現れるには二十年の年月が必要だった。プティゴアーヴは、いわばハイチのディープサウスで、カイ市に至る街道の途中にあるのだが、そこに、鶏の言葉を解する男が住んでいた。男は日常のごくありふれた光景しか描かなかった。市場でちらりと見える光景。それから、あの終末論的な三幅画――地獄、煉獄、天国。麦藁帽をかぶった、痩身で、きびきびしているが、重厚なところもある男サルナーヴ・フィリップ＝オーギュストは、サンマルク市の判事をしている。彼はもっぱらジャングルしか描かない。税関吏ルソーの熱烈な模倣者なのだ。そんな絵描きたちが、今日、リッツ・カールトンホテルの一室に集まっているのだ。背広の内側のポケットにはパスポートが大事にしまわれている。復路の切符と一緒に。彼らはなにも食べない。空港に連れて行ってくれる係員の迎えをひたすら待っている。キュレーターが、一人の少女と手をつないで現れる。こちらはビョークさんと彼は言う。ビョークがベッドの方に近づいていき、そこに座る。キュレーターはそっとドアを閉めて出て行く。誰一人、身動きしない。十分くらい経過しただろうか。ビョークがベッドから降りて言う。「なにか歌ってみたいわ」。返事はない。ビョークがバラードを一曲うたう。次にロックを一曲。それから、三曲目に、今度は訛りのないクレオール語で歌う。彼女がおじぎをすると、ヴォドゥの人形になってしまっている。エクトール・イポリットが人形を手にとり、背広の内ポケットに滑り込ませる。目が少しつり上がった、小さな黒い人形だ。二人の男女が画家たちを迎えにきた。すぐに出発だという。白いマイクロバスがホテルの前に停まっている。画家たちが空港に着き、通関後、セキュリティーチェックの空間に入る。スーツケースの中身が検査される。X線。エクトール・イポリットが黒檀を彫って造った木像のビョークを肌身離さずもっているのが露顕する。木像はクロワ・デ・ブーケの寺院に安置されることだろう。ミドリも、早く、ビョークのようにヴォドゥ人形になりたいものだと願う。死ななくても星《スター》になれる、唯一の方法なのだから。

オブジェ

しっかりした描線で縁取られた、ごく小さなオブジェは、目と掌のために作られているようなもので、地球上のどこにでもありふれたオブジェだ。オブジェは人肌を惹きつけ、いくぶんかしつこい愛撫を引き出す。人が猫にする愛撫が、それである。猫は生きたオブジェなのだろう。とりわけ黒く、細長いオブジェへの手の嗜好はよく知られている。どうすれば、オブジェの芯に触れられるのだろうか。厚みや物としての性格が邪魔になるのだろうか。あの贅沢と結びついた極上の快楽。オブジェは、その中心に同じ形をした極小のオブジェを内包している。オブジェの芯にあるオブジェだ。その乾いた芯。無人地帯。宇宙への跳躍。熱帯地帯。私のまなざしは熱帯の果物に条件づけられている。丸くて、彩りがあり、香りがよく、食べることもできる果物。芯も一緒に。こんなに人体によく馴染む果物は、その神秘も失う。だから、われわれのオブジェとの関係は、表面を越えた先までどうしても行けない。オブジェは我々の中に入り込むが、我々はその芯には触れられないのだ。侍とひけをとらないくらい、謎めいた内部に入り込めない。しかし、オブジェはいたるところに姿を見せ、我々に熱い関係の幻想を振りまく。オブジェはありふれているので、それがあったからといって気にもとめない。われわれは恥ずかしげもなくオブジェの前で裸になる。われわれはオブジェの前でものを食べる。われわれはオブジェの前で怒鳴り散らす。われわれはオブジェの鼻先で性交する。われわれはオブジェをつぎつぎに造り出して、ある意味で、オブジェがわれわれの生活に形状を与えるまでになっている。生きた体は、ますますオブジェを通して互いに触れ合うようになる。われわれの性的生活におけるオブジェの支配的位置は否定しがたい。病院の緊急病棟は、その実例を数多く見てきた。日本は、目的のはっきりしない美しいオブジェを熱心に造ってきた。なんのためなのか。恋に落ちてほしいというのだろうか。ああいうものの背後には、なんらかの意図が秘められているのだろうか。われわれの周囲に溢れんばかりになっている新たなオブジェは、われわれのペット動物の地位を奪おうとしているのだろうか。鉱物の世界との新たな関係を考えてみる必要がある。動物と植物は、感情生活における地位を失いつつある。オブジェは老いを知らない。私はいつもカメラを一台もっている。唯一、まなざしをもったオブジェだ。

ミドリの取り巻き

ショウが引けた後、私はミドリとその取り巻きの跡をつけて、シェルブルック通りの打ち上げ会場まで行った。美術館の向かい側だった。女の子ばかり。エイコ、フミ、ヒデコ、ノリコ、トモ、ハルカ。プリンセス・ミドリにかしづく娘たち。それから、タカシという名のふたなりのような写真家。あまりにつまらない男なので、ケイト・モスの手に握られたライターみたいな存在と言おうか。ミドリは、美術館の列柱にハイチ素朴派絵画展の大きな垂れ幕が掛かっているのをふと見上げる。

「あの展覧会、面白そうね」

「ビョークがどんな目にあったか知らないの。新聞に出ているわよ」

ヒデコがミドリの耳朶に触れんばかりに身を寄せて囁く。

取り巻きの仲間は誰でも、ミドリの耳朶が感じやすいのを知っている。彼女の感性の台座なのだ。

「いやっ。そんなことしないで！」

彼女がなじる。

「ねえ、聞いてるの、ヒデコ！」

「わざとじゃないわ……そんなにむきにならないで」

「そうよ、ミドリ」とフミ。

少しでも注意力がある人なら、ここの取り巻きにも、世間並のつばぜり合いが飛び交っているのに気がつくだろう。ミドリが太陽で、そのまわりに七つの惑星が、うれしそうな顔や悲しそうな顔をして順繰りに回転しているのだ。喜怒哀楽があまりに目まぐるしくて、私には誰が誰なのか区別がつけられる自信はない。胸の奥で涙を流していても、聞こえてくるのはマンガじみた高笑い。私は、彼女たちの一人一人の個性の印を探り当てようと手間取る。一人としてじっとしていないから、ピンで壁にとめるように観察するわけにいかないのがもどかしい。取り巻きなのだからしょうがないか。グループから少し離れた方がじっくり研究できる。私は、頭脳の奥に女の子たちを撮影していく。肩に軽くのせたカメラ。白黒映画だ。客と交わらないようにして、控え目に、隅の方から撮影していく。モンタージュはなし。離れているので聞きとりにくい会話や胸に秘めた心の動揺は遠慮なく想像で補っていく。誰でもそうしているものさ。タカシは明日オノ・ヨーコの取材に発つ。ミドリは「喪服のババア」と言う。でも、タカシが帰ってくることは誰一人疑っていない。取り巻きから長いあいだ離れていられるはずがないのだ。オノ・ヨーコは華奢な若い男には目を細めるが、ミドリに太刀打ちできるわけがない。「毛沢東未亡人じゃあね」とは、機知に富んだエイコの言葉だ。ミドリ、「新進タレント」、作家村上龍が早くも『ニューヨーカー』に寄稿した長い記事の中で、オノ・ヨーコの後継者になりうる一人として注目している。彼女の声は、父親がハイチ系移民だったバスキアのグラフィティがニューヨークの地下鉄に最初に出現したときを思わせる——無遠慮だがしゃれているのだ。ミドリとオノ・ヨーコの対決が迫っている。取材するのはタカシ。最初タカシがオノ・ヨーコの写真を撮りに行く。ヨーコの情報をたっぷり仕入れてきて、それをミドリに流す。未亡人は、自分がつけ狙われているのは百も承知。日本の若い女たちはみなオノ・ヨーコの秘密をつかんで、彼女を引きずり下したいと狙っているのだ。オノは喧嘩の女王として通っている。いつでも競り勝つ女として。彼女を見ていると、憎悪の方がときに愛よりもしぶとい感情だと納得させられる。タカシは、ビートルズ・ファンの憎悪にもへこまなかった日本人女の手管がどんなものか間近に見てくるだろう。『ニューヨーカー』の記事の中で、彼女は村上龍に言い放っている。いつでも「瀬戸際」で持ち堪えてきた、と。だからこそ、そこそこの才能があって、騒々しいタレントたちが防護壁になってくれるのだ。ミドリは、ビョークとオノ・ヨーコの中間にいる。村上の結論によれば、芸能人は三つのグループに分類されるそうだ。類まれな才能をもった数少ないタレントと、なんとか忘れられない程度の才能に恵まれた、ありふれたタレント、そして一般に思われているよりも遥かに数が少ないが、本当になんの取り柄もない者たち。一般大衆は、稀なものにしか興味がないので、しっかりしたマネージャーのついている中程度のタレントよりも、同じくしっかりしたマネージャーがついていても才能がからきしないタレントの方を好むのだ。村上龍に言わせれば、現代は、めずらしいものならなんであろうが、質が悪くても、好まれる時代なのだ。

毒を含んだキス

まさに今、左隅の窓の傍で駆け引きが演じられている。ミドリは、ビョークの身になにが起こったのか知らないのだ。情報は権力の側にあることになっているので、ミドリは知ったかぶりをしている。早まって手持ちのカードを見せるのは絶対禁物だ。出し抜かれないためにも神経戦に耐えなくてはならない。特に余計なことを言ってはいけない。ミドリに接近するのは並大抵ではないのだ。彼女の周りに微妙な駆け引きの空間ができあがっているのが見えてきた。女の子たちがつぎつぎにミドリという電球のまわりに飛び込んでは離れていく。ヒデコは、さっき、あやうく翔を焦がすところだった。ミドリに近寄りすぎた。各人の位《くらい》がはっきり決まっているわけではない。ヒエラルキーのどこに位置するかは、それぞれが自分で決めるものだ。その位置を保つにはどんなリスクがあるのかも計算にいれておかなくてはならない。ミドリが「あらっ」とか、「なにこの人」という顔をしようものなら、生意気なやつと弾き出されるのだから。

それがハルカの場合で、パーティーの間、必死に失地回復を図っていた。最後の頼りはトモしかいなかった。二人は長々と話し込んでいた。不意のズームアップ。トモが掛け合ってあげている。ミドリは上の空だ。トモはミドリの親衛隊長なのだ。寝るときも、彼女のベッドの下に横になっている。午後は、パーク・アヴェニュのYMCAで格闘の訓練をしている。タカシの顔がクローズアップ。取り巻きの者たちの様子を私に事細かに解説してくれる。タカシは化粧するのが好きでたまらない。だから、どこにでも潜り込めるのだ。二つの世界のどちらもフリーパス。もっとも、つまるところ世界は一つしかないのだが。なぜって、男たちは女の話をするものだが、女たちは女の話をする。タカシは、三年以上も、ずっとトイレで女の子の生態を撮ってきた。化粧、おしゃべり、涙。すっぴんの娘たち。トモはミドリに身も心も捧げているが、ぞんざいに扱われている。トモは苦しんでいるが、おくびにも出さない。ミドリが自分が悪かったと謝るときでさえ、そんなことないわと本人の弁護にまわる。ミドリは、よく落ち込むタイプの完璧主義者なのだ。そんなとき、他の女の子たちはトモの前でミドリに声をかけてはいけないことを承知している。タカシが指差す方を見やると、タバコに火をつけている娘がいる。一番頭がいいフミだ。八つの言語を流暢に話し、フランソワーズ・サガンについて博士論文を書いている。『悲しみよこんにちは』の著者を隅から隅まで読んだし、流星のようだった生涯を事細かに知っている。タカシが私に教えてくれた。見ていなよ、ミドリが人前でフミに口答えすることはないから。ミドリのショウはフミが台本を受け持っているんだ。頭の回転がおそろしく速くて、しかも意地悪にもなれる女。フミのことならノリコに訊きなよ、よく知っているから。ノリコって？　壁に寄りかかって、座り込んでいる子さ。まあ、一回来たくらいでは、誰が誰だか見分けられないだろうけどね。僕は、一週間たっぷりかかったよ。そんなにみんなよく似ているかな。似てるさ。なんて言ったって追っかけなんだから。似ていないようでも、あっという間に一つに溶け合ってしまうよ。自分たちの掟もそれなりにもっているけれどね。ノリコは面白いよ。まあ、そのうち分ってくるさ。タカシからノリコに話しかけるように勧められたことから、あるアイデアが浮かんだ。取り巻きの女の子たちに話しかけるだけに留めて、ミドリのプロフィールを作るのだ。本人には決して話しかけない。ミドリは、自分にすべてを引きつけてしまうブラックホールなのだから。電子の一つ一つはその磁場の内側にとどまるかぎり自由なのだ。ノリコはフミにいじめられている。トモはミドリの守護天使。ヒデコはミドリの耳朶に触った。あの感じやすくて完璧な器官に（あのシーンはズームになって保存されている）。タカシはパチリ、パチリ。とどまるところを知らない。カメラと一体になっている。ミドリは、誰からも見えない写真家を真ん中に据えたショウを考えている。ミドリにとって、写真家は時代の真の証人なのだ。タカシはうなじに惚れ込んでいる。一時期、うなじしか撮らなかった時さえある。ノリコがタカシのことをあれこれ言い出した。私を彼女に差し向けたのはタカシなのだが。「タカシには気をつけた方がいいわよ」と耳元に囁く。言うことがいい加減で、すぐ根にもつタイプよ。はあ？　おどおどした目。ノリコは、私を窓の傍に引っ張って行き、打ち明け話をするが、声が小さすぎて聞きとれない。どういうこと？　私はできるだけ優しく言う。ミドリはね、エイコが好きなのよ。誰も知らないけど。エイコだって知らないわよ。ノリコは声を立てずに笑ってみせる。私の手を取ったまま放さない。骨が溶けていくのを感じる。体の支柱が外れて、一枚の着衣のように床に滑り落ちそうになる。私は手を引き抜いて、トイレに駆け込んだ。血呑み女の網にいまから絡め取られるわけにいかないのだ。ノリコが私を目で追っている。彼女のねっとりしたまなざしが私のうなじにひっついているのを感じる。さりげなくタカシについていき、娘たちの中に紛れ込む。鏡を見ると、ミドリがヒデコにキスをしている。タカシが周りをしきりに動き回っている。フラッシュが焚かれる。ミドリが鏡の中で私に微笑む。ヒデコは気がついていない。ミドリは、まだ朦朧としているヒデコをタカシに押しつける。ひ弱なタカシは受け止めかねている。よたよたしながらヒデコを懸命に支えている。馬にトドメを刺すシーンを見ているようだ。私はタカシの手から彼女を抱き取って、クッションの上にそっと寝かせてやる。フミがすぐ隣にいる。私は座るしかない。カメラは廻ったままだ。フミが私に教えてくれるには、ミドリは、あるタイプの魚しか食べなくて、その魚の肉には毒が含まれている。唇や舌を軽くしびれさせる程度にしておくのだそうだ。ミドリは口に毒を少し含ませて女の子にキスをする。女の子たちはミドリの唇をうまくかわしている。馬鹿なヒデコだけが網に捕えられる。古代ギリシャの高級娼婦ヘタイラの長いキス。ヒデコはいまやクッションの上になよなよと倒れこんでいる。目はあらぬ方を向いている。微かに微笑みながら。毒は数分しか効いていない。ミドリが彼女の髪を愛撫しに来た。

エイコの長い背中

私はすぐにトイレに戻る。ミドリがタカシと話し込んでいるではないか。うれしそうなタカシの目(なにせスターをアップで撮れたのだ)。

「ビョークのことでちょっと話があるんだ」

「あなた、なにか呑んだの?」

「いや。どうして?」

「まさか本気にしているんじゃないでしょうね。あの子たち、冗談がうまいのよ」

「冗談って、なにが」

「なんの話か分からないのなら、あの子たちに相手にしてもらえていないということね」

「ああ、そう?」

ミドリが私の後の方を見やる。振り返ると、エイコが鏡を見ながら化粧している。エイコの長い背中が竹をあしらった柄のように見える。ミドリはエイコのうなじを食い入るように見つめる。ミドリは目を離そうとするが誘惑には勝てない。ふと、鏡の中にノリコの目が映った。ミドリの視線を追っている。ミドリの顔に、すっかり夢心地になっているのがありありと窺われる。他の女たちの秘密を嗅ぎ出す技術にかけては誰にも負けない女として通っているミドリが不覚にも自分をさらけ出してしまっている。裸の顔。自業自得。ラクロの小説『危険な関係』のメルトゥイユ侯爵夫人。彼女の化粧台の引き出しは、誘い込んだ子に一つ一つがあてられている。下着や手紙、赤い小刀（その蒐集をしている）、安物の香水（それなら他の誰かが使っていることは絶対にない）、そして黒い手帳がしまい込まれている。手帳には、最初の目配せから別れのキスまでが書き込まれている。捨てるのはいつでもミドリなのだ。ある晩、タカシがミドリの寝室に忍び込んだことがある。そして夜を徹して女の子たちの熱烈な手紙をむさぼり読んだ。どの手紙にも自殺が仄めかされている。若い子にはみな死への嗜好がある。タカシに言わせれば、そんなものは意味のない涙だ。自殺は男の領分だ。死は、一番覚悟のできた侍でなければ身を任せない処女の領分に属する。日本のアイデンティティは、そんな空虚なロマンティシズムの上に築かれている。エイコの前をミドリが通りかかる。まぶしすぎて、ミドリは目を閉じてしまう。ツンとして体をこわばらせている。私は思わず息を呑む。エイコは驚いたようにして、ミドリが近づいてくるのを見ている。

交差《シャセ》する舞い《クロワゼ》

ミドリのことはエイコに任せることにして、私はフミを狙い撃ちにしよう。フミの心には怨念と情熱と反抗が黒く渦巻いている。ミドリのプリンセス気取りが気に食わないのだ。フミは密かにノリコを愛してもいる。フミの秘密を嗅ぎつけたのは、ヒデコだ。小さな日記帳に一年にわたってフミが言い放った悪口を記録しつづけたからだ。たいていはノリコに向けられていた。最初、ヒデコは、どんな時に毒舌を吐くのか書きとめた。誰が、どこに立っていたかも書きとめた。フミがノリコの方をくるりと向いて背中に鋲を突き刺す、その直前の場の雰囲気も書きつけた。そして、もちろん誰が真っ先に笑ったかも。日々、一年にわたって書きつづけた。長い冬の夜、ヒデコは事細かに書きつけて過ごした。それには数学的な感性が備わっていなくてはならないが、ヒデコはそれを持ち合わせている。なにしろ、マギル大学の修士課程だからね。こうして、ヒデコがある晩、とうとう到達した結論は、疑いもなくフミはノリコに恋しているということだった。いつも決まって出てくるパターンがある。フミがノリコに向かって毒のある矢を放つときは、ミドリがノリコに関心を示すときなのだ。ミドリがノリコに言葉をかける時でもいいし、体のどこかに触れるときでもいいし、微笑みかけるときでもいい。すると、フミはノリコに突進してきて笑い物にするのだ。ノリコはうなだれる。フミは、ミドリが負け組を見下すことを承知しているのだ。だから、フミはすばやくミドリとノリコの間に割って入るのだ。

長い間、ヒデコはフミがミドリに恋していて、ライヴァルを蹴落とそうとしているのだとばかり思っていた。ヒデコがふと思いついて、その後に続く動きを書きとめてみると、フミはいつでもハルカが彼女とミドリの間に入るように仕向けているではないか。なかなか気がつかなかったが、フミがほしがっているのはミドリではなく、ノリコなのだということを、ヒデコは悟ったのだ。そこにエイコが入ってきてミドリに身を任せたものだから、すべてがめちゃめちゃになってしまった。いわば、中心が空無になったのだ。ヒデコの振る舞いは何を意味するのだろうか。フミの他に誰を貶めようとしているのだろうか。終。映画はそこで終わる。映画が疑問符で終わるのは褒められたことではない。そんな映画が上映されるのは、雨の日の美術館くらいなものだろう。それにプロデューサーから見ると、登場人物が多すぎるのだ。三人くらいに抑えることだ。誰を選んだらいいのだろうか。ミドリとエイコとノリコか。それとも、ミドリとフミとヒデコか。でなければ、ミドリとトモとハルカか。三というのはいい数字だとわかっているのだが、目の前にいるのはグループだ。娘たちの群。青春時代の奇想なのだ。グループの中では、無口な子も前景にいる子と変わらないくらいかけがえのない存在なのだ。彼女たちの間の距離、一人一人に与えられた時間、それらはみな、監督によって吟味されている。監督にとっては、ハルカはミドリに引けをとらないほど意味がある。いずれにしても、ミドリが前景にいるのは、後の空間があるからこそだ。込み入り過ぎているって？　たしかに、一人一人を際立たせるために、もっと個性的な細部を与えることもできたかもしれない。色とか、ちょっとした徴とか、なんでもいいけど。でも、私は丁度映画を観るときのように映画を撮っている。描写に手間をかけすぎるとあくびがでるんだ。それよりは、スピード感がある方がいいし、多少下書きのようであっても、最後に余韻が残る方がいい。それから、楽しい場面を差し挟んで少し寛ぐのだ。こじんまりした映画ではそれが命だ。それに、日本の女性は欧米人の目にはみなよく似ているしね。炎がそこに燃え立っているのが見えれば、それでいいと考えた。あまり凝ってしまうのもよくない。

人間機械

サン・ローラン通りの見すぼらしいレストランに入った。芭蕉の本を手に、奥の席に座る。あの時以来、肌身離さず読んでいる。すぐに給仕の女がやってきた。胸に「シズエ」と赤い刺繍がある。虚ろなまなざし。右耳から肩甲骨にかけて浮きでている静脈。この界隈で職を転々としているのだろうな。それがこのあたりの女によくある境遇なのだ。たいてい、窮屈な田舎町を離れたい一心で、橋を渡った向こう側の高速道路まで行って入り込むのだ。そうしてモントリオールに来てはみたものの、やはり職はない。そこでレストランで働くが、すぐに追い出され、また別のレストランに潜り込む。そうこうしているうちに娼婦になる。その先は行き止まりなのだ。もっと下に落ちぶれることもある。よくある話だ。女たちはなんとかして子どもくらいは作りたいと思う。首尾よくいけば、田舎の母親の元に送ってやる。それが親にしてあげられる唯一の贈り物なのだ。送金もするかもしれない。しかし、初めのうちだけだ。母親は手をつけないでタンスの奥にしまいこむ。自分の葬式か、さもなければ娘の葬式に役に立つだろう。娘に残された選択肢はあまりない。手首を切るか、バスに乗ってセントローレンス河口付近のセッティルかリムスキの町へ行くかの、どちらかだ。鮫のいる湖を泳ぐのもありかもしれないが。私は芭蕉に目を落とす。芭蕉も身を屈めている。小さな桜の木の前に。

芭蕉は、早くもほころび始めた小さな桜の木を見る。どんなところに行っても、生命が存在するから、その出会いに驚嘆する。冬の凍りついた風になぶられても、桜は春になると花を咲かせることを忘れない。なんと健気なことか。見る人もいないが、桜はそこにひっそり立っている。行尊僧正《ぎょうそんそうじょう》だけが、孤独な桜の美しさを短い文に書きとめている。


シズエがぞんざいにコーヒーをテーブルの上に置く。

「わたしはティーしか飲まないよ、お嬢さん」

冷やかな目つき。

「なんですって」

「なんですってって、ティーだよ」

「この店にティーなんかあるわけないでしょ」

彼女は行ってしまった。で、本に戻る。あちこち読みちらす。本を開いてみては、一章読む。というよりむしろ、しばらく芭蕉のお供をする。それからそっと本を閉じる。見るともなくあたりを見回す。読む度に芭蕉はたちまち生き生きと立ち現れる。一瞬、一瞬。こんなにエネルギーが漲っている人は、ここではホイットマンくらいなものだ。再び芭蕉に我が身を重ねる。まさに背中の痛みが始まったなと思いながら目を落とすと、芭蕉も同じように病んでいるではないか。人が我が身を他人に重ね合わせるのは、たいてい、痛みを通してなのだ。

なんとも辛い一日となる。背中の痛みが再発する。だが、そんな辛さを芭蕉が記すのは、これが初めてだ。ちょうど酒田を発ったところだ。蒸し暑さがこたえる。雨と湿気がうっとうしい。しかし、彼は「事をしるさず」と書きつけるのみだ。病を押して旅を続け、「親《おや》しらず子《こ》しらず・犬もどり」とうまく名付けられた難所を越えたところで休むことにする。宿と床をようやく得て寝入ろうとすると、隣室で二人の女が老人と際限もないおしゃべりを続け、眠りはいつまでも訪れない。ようやく眠りに落ちかけると、もう寝不足の朝を迎える。

ハンバーガーを注文した。アメリカで目をつけられたくなかったら、こうするしかないのだ。

普通に客として扱ってくれる。店内は広くてがらんとしている。客の影がちらほらしているが、内装に溶け込んでいる。いかがわしい雰囲気が臭う。給仕の女は、カウンターで年若い皿洗いと話し込んでいる。彼女の笑いが浮いて響く。小心と意地の悪さがミックスされた笑い。腰が少し折れたように見える男が先程から話の輪に入りたがっている。二人は、男に気がつかない振りをしている。かといって、背を向けようともしない。人の前にいながら無視しきった態度。一種、底深い無関心。まるで、人と人の間にはなんのつながりもないと言わんばかりだ。それが露骨に顕れるのが午後のひとときなのだ。物事が決まって悪い方向に向かうようになったのは、われわれの日時計からシエスタの時間が消し去られてからだ。人間機械は十八時間ぶっつづけに立ったまま緊張していることはできない。休憩時間がなくてはならないのだ。産業社会は機械をフル回転させるためにシエスタを廃した。持ちこたえるには、ドーピングしかない。ありとあらゆる麻薬だ。シズエは、コーヒーと煙草の二つを前にしている。彼女には無料《ただ》なのだ。

芭蕉にとって歩くことは、この世のありとあらゆる垢から身を洗う一つの方法だった。俳句とは手頃な石鹸みたいなものだ。芭蕉と相対しているところに、シズエがやって来て私の前に座りこんだ。

「いったい何をしているのよ」

「いや、別に」

「別にって、どういうことよ」

「フライドポテトを食べているのさ」

「その本はなによ」

「芭蕉」

疑わしい目つき。

「それ、誰よ」

「日本の詩人」

「ふざけないでよ」

「いや」

「あなた、日本人なの？」

「違うさ」

「まさか警察じゃないでしょうね」

「いや、そんなことはない」

「今週になって、三度も警察の手入れがあったのよ。〈ドッグカフェ〉始まって以来よ、ありえないわ。ここはレッドゾーンだからね。五十四番地からこっちは。分かってんの？」

しばらくの間、二人はにらんだままだ。

「なんで私が警察なのかな」

「ここは、食事をしに来るところなのよ。……十年いるけど、店で本を読んでいる男なんて初めてよ。おまけに日本語の本だなんて？」

「翻訳だよ」

皿洗いが「シズエ！」と呼ぶ。彼女はいま行くという身振りをする。

「フライドポテトを食べたら、さっさと店を出て行ってね！」

「ここが会員制クラブだとは知らなかったよ」

「客を選ぶのは私よ……あんたは客の迷惑……ルジャンなんか、出て行ったじゃない。あんたが今見ている客はね、みんな二十年は通っている客ばかりなの。ここは、通りに放り出されないでいられる最後の場所なのよ。私、客を守ってあげているのよ……分かった？」

彼女はレジに戻る。さきほどから老けた男が小銭を何度も数え直している。彼女は小銭を奪うとレジのケースに投げ入れた。数えない人間は、数える人間よりもいつでも一歩先に進んでいる。

シズエとやりあっているうちに、店内に殺気だった影があふれてきた。黙りこくって、匿名の顔をした男たち。食事をしながら、ちらちら私の方を盗み見ている。好奇心とも、警戒心ともつかない目つき。こういうタイプの目つきは形容のしようがない。一度観たことがあるが、糞面白くもなかった映画だった、とでも言うような目つき。われわれの臭いがむっとくるのだろう。野心をもった男の臭いなのだ。彼らにはもはや野心は一かけらも残っていない。ところが、いまだに何かを企てているやつがいる。そんなものは、金と意志と、ありふれた思いつきが小汚く入り混じったものでしかない。男たちはどんな臭いがするのだろう。彼らにはもはや体臭はないのだ。旅の終点にいるのだから。

芭蕉は、等栽《とうさい》を連れて敦賀の近くに到着する。空は硬く澄みきって青い。だが、宿の主が言うには、敦賀は天気が変わりやすいのだそうだ。それにしても、こんなに晴れ渡った空が、にわかに黒い雲に覆われることがあるとは信じがたい。しかし、その通りになった。宿の主の言う通りだった。さすが土地の者だ。芭蕉は、敦賀湾の名高い十五夜の月を見ないでしまう。彼の旅の密かな願いだったのに。

店を出るとき、振り返るとシズエがにっこり微笑んで、白い差し歯を見せている。私がいかに招かれざる客だったかを悟った。そそくさと私は立ち去った。

ニグロの敗北

どう読み解けばいいのか、こんなに難しいものはないだろう。そもそも「微笑」という言葉の意味について合意がないとね。質問は山ほどある。「微笑」は人によって意味が違うのだろうか。それは顔の歪みなのだろうか。それとも、その人のエスプリなのだろうか。家にいるときと、外にいるときでは受けとめ方が違うのだろうか。自宅に一人でいるときに微笑むなんて様《さま》にならない。もし私がそんなことをしたのなら自分でも気がつかなかったのだ。一日のうちに何回微笑していいのだろう。どんな文法になっているのか想像もつかない言語を話す世界にそろそろと入っていく気持ちになる。微笑にどれだけの価値があるのか。私には皆目見当がつかない。どんな役目をもっているのかな。何かを隠すためなのか、それとも、何かを見せるために微笑むのか。真の微笑はむしろ、自分でも気がつかないでしてしまう微笑みではないか。お愛想の微笑みはどんな風にするのだろう。鏡の前で練習できるものだろうか。ミドリの仲間の娘たちは、一人一人、個性的な微笑をもっているようだ。エイコの微笑とフミの微笑の違いは何だろう。ミドリはめったに微笑まないな。どちらにしても、時には武器になるのだと私は直感する。イギリス人は顔をぴくりともさせないで、蝙蝠傘を手に世界を征服した。日本人はにっと笑って、カメラを手に世界を征服した。ルーブル美術館は、モナリザの微笑をトレードマークにした。西洋では誰も笑わない。微笑とは、権力なのだ。笑いはニグロの敗北を痛感させる。私は何日もかけて日本人の微笑を学んでいる。

田舎の日曜日

浴槽の底に私の体が見える。頭は天井に昇っている。ときどき二つが繋がる。すると、溺れかかっていた私が水面に浮上する。生命の青い火花が飛び散る。荒い息を吐く。ごしごしこする、太股、腕、顔面。こすられると細胞が目を覚ます。私はもはや水の世界ではなく、大気の世界にいる。身を屈め顔に手を当てて、なんとか頭脳との再会を果たす。それから街道に置いてけぼりにしていた芭蕉の後を追いかける。「街道」と書きつけると、たちまち『オン・ザ・ロード』のケルアックが顔を出した——一種の自動筆記と言おうか。芭蕉は何世紀も前に同じことをしたのだ。しかも自分の足で、一歩、一歩。今のところ彼は一人で歩いている。友の曾良はいない。

病の癒えた曾良が大垣で芭蕉を待ち受けている。人々の歓迎ぶりは大変なもので、まるで死んだ人が生き返ったかのごとくである。越人《えつじん》は馬で駆けつける。みんなが武士の如行《じょこう》の家に集まる。芭蕉も元気を取り戻す。遥か昔に亡くなったことを知っている私たちが、精気に満ちた彼の様子を見るとは、なんとも奇妙なものである――これこそ、精神の勝利である。

天井を移っていく日の光を目の端で追う。電話は手の届くところに置いた。風呂の中で本を読むのが好きなのだ。書くよりも読む方がいいのも、そのせいと言えそうだ。祖母と手をつないで、陽光の降り注ぐ道を登って行った幼年時代の私が見えてくる。田舎で過ごした日曜日。ハイチ式ベランダに広いテーブルを置いて座っている男がいる。テーブルに本が所狭しと積み重ねられ、どれも開かれている。男は本に向かって身をかがめている。まるで、豪華で皿数の多い食台を前にしているようだ。食通の男は夢中になって本を次々とむさぼっていた。まるで彼のまわりには、食欲をそそる料理の他はなにも存在していないように見えた。男は我々から遥か離れたところ、手の届かないところにいるかのようだった――男を見ることはできたが、彼の心はここにあらずという様子だった。祖母が耳元で囁いた。「本が好きなのよ」。たちまち私の中にある考えが閃いた。僕もそうなるんだ。僕も本好きになるんだ。子どもの頃の写真は僅かしかないが、どの写真でも、私は手に本を持っている。級友とおしゃべりしている写真の中でさえそうだ。いまでも、たまに彼らに出会うと、すぐにからかわれる。私と話をしたくてもとりつくしまがなかったらしい。私は本の虫だった。ある写真の中では、私が床に寝そべって本をよんでいて、後で母が学校の制服にアイロンをかけている。日曜日の午後なのだろう。母は私に外に行くようにしむけていた。広場に行ってもいいし、友達と映画を観に行ってもいいと言っていたのだろう。しかし、私はやみくもに本が読みたいだけだった。お日様も、お月様も、女の子も、当時は興味がなかった。読書だけが可能にしてくれる旅。飽きることなど決してなかった。いつの日か、本の中に入り込んで、二度とそこから出てこなくなる。それが私の夢だった。その夢が芭蕉とともに正夢になった。

浴槽の中で

電話が鳴る。

「もしもし……もしもーし」

答えがない。左手で本をもったまま、バスタオルの傍に受話器を置いた。この操作を細心の注意を払って行う。本が濡れたらことだ。街から出るわけではない。いや街の中で歩き回るわけでもない。もっとも、飯を食べに出たり、夕方すばしっこい日本の女の子たちのところに行くことはする。だが、それ以外の時間は、ひたすら最後の旅に出た托鉢僧のような詩人の草鞋にぴったりついているのだ。青年が旅路についたからといって、どうということはないが、生涯の終わりに、危険を承知の上で旅に出る男にとっては別なのだ。

また電話が鳴った。「もしもし」と電話口に出るが、やはりなしのつぶて。うんともすんとも聞こえない。だが、受話器の向こう側に人の息づかいがある。ようやくか細い声が囁く。

「地下鉄の中であなたから遠くないところに座っていたのよ、三日前にね」

「え、というと」

「あなたと同じ側に座っていたの。あなた、芭蕉を読んでいたでしょ」

声と顔がどうしても結びつかない。アジア人の訛りが聞こえてくるだろうと思い込んでいたのだ。

「ああそうか、思い出した……」

「中国人と私を取り違えているでしょ。あれは正面に座っていた女よ。あなた、彼女のことばかり見ていたじゃない」

「よくあることでね。人を覗いているつもりが、人に覗かれていたわけだ」

「あの子は中国人よ。わたしは日本人。当たり前でしょ。アジア人の地区に来ていたんだから」

「でも、どうして中国人だって言い切れるのかな」

「私の母は韓国人なの。父は日本人。だから、すぐ見当がつくわよ……韓国人でも日本人でもなければ、中国人に決まっているじゃない」

彼女の笑いがなかなか止まらない。

「笑いが違うのかな」

「似たようなものよ。でもね、日本人のヴァギナは対角線なの。韓国人のは水平線よ。中国人のは知らないわ。垂直線かも。私たちって幾何学的な娘なの」

私が笑う。

「どうも不思議だなあ。全然訛りがないんだね。君、普通に話すんだね、私と変わりないよ」

すると彼女は大笑いした。腹の底から昇ってくる笑いだ。それにしても、これだけ人々が地球上を移動するようになっても――自分の土地に残りたいと思う者もいなければ、残れる者もいない時代に――社会の中で人の位置を動かしがたく決めているのは訛りなのだというのは、驚いてもいいことだ。人種や階級を超えている。訛りは人種と階級のどちらも含んでいる。英語訛りのフランス語を話すアジア人を見ると、挿し木を見ているような気分になる。

「芭蕉を知っている?」

「少しはね」

「好き?」

「嫌いだわ」

私は、他に訊くことが何もなくなった。

「それで何の用事なの」

「そんなこと、電話で話すわけにいかないわ」

「いまどこ」

「あなたのお家の前の歩道よ。道路の反対側」

「どうして私の電話番号が分かったんだい」

「アパートの入口であなたの名前を見つけたの。番号案内に電話したら、すぐ教えてくれたわ。かんたんよ」

「で、用事は」

「特にないわ。……あるわけないでしょ」

「それじゃ、上がってきたらどう。会えば何かあるかもしれない……ドアに鍵はかかっていないよ」

「いま行くわ」

いい度胸だ。この話には胸騒ぎするものがある。いつから、女が先に一線を越えるようになったのだろう。私は夢を見ているわけではない。私の知らないうちに、世の中が変わったのだろうか。


芭蕉は、五カ月をかけた二三四〇キロメートル近くの果てしない旅に、休息する間もなかった。曾良が、家族のいる伊勢まで芭蕉のお供をする。新月六日目のことである。芭蕉は、仏舎利を新塔に移す儀式に立ち会いたいと願っていた。芭蕉はもう一度最後の旅の杖をとる。是非とも二見浦の蛤を賞味したいという気持ちもある。芭蕉はとうとう曾良と別れなければならない。芭蕉は悲しんだ。芭蕉は別れを惜しむ句を一つ作る。曾良は涙をみせないように旅立つ。

私は、芭蕉と、いまにも入ってこようとしている女のどちらかを選ばなくてはならないのだろうか。私を捉えて離さない過去があり、しかも、こんなにも熱くて、本物で、生命に満ちた現在の時間があるのに、どちらか一つしか選べないのだろうか。どちらも私を捉えて離さない。両方キープできるだろうか。まあ、これは私の個人的問題だ。お湯の中にもぐり込んだ。現在という時間がすでに階段に迫っている。

小さな死

私は脇目もふらず、一つのことに集中する質《たち》である。時には、他人が私の前に現れる決意をすることがある。そして、早くも私の前に身構えた姿を現し、空間と時間を共有するように要求してくる。いつのまにやら、私は腕に絡みついた電話ケーブルでもって捕獲されている。私には変なクセがあって、話しながら電話線をいじくってしまうのだ。いったいどうして電話線の結び目をそんなにいくつも作ってしまうのか自分でも分からない。私はたぶんに情緒不安定なところがあるにちがいない。その時、私が唯一気にかけていたことは、大事な本を濡らさないようにすることだった。私はお湯から左手を出して受話器を取り、右手で滴が垂れないように本を支えた。タオルが二枚あって、それがこの微妙な操作を容易にしてくれる。一枚は床にあり、もう一枚は洗面台に置いてある。電話で誰かと話しながら本を読み続けることもないわけではない。いつもではないが。そうすると、私の印象にすぎないが、会話に一種深い視野が広がる。別に、二つのことを同時にして、このきちがいじみた時代において遅れをとらないようにすることが善だと言っているのではない——私の信念は速度を落とすことにある。ただ、たまたま一度そうしてみたら、二つのことを同時にすると、一つがもう一つを豊かにすることがあるのを発見しただけである。電話の向こう側に私と同じ時代を生きている人がいて、その人と会話していると、別の時代に生きていた著者への私の目差しが更新されるのだ。私は死んだ作家の方が好きだ——その方がより長いあいだ若さを保てる。死が人を若くする。今回の場合は、芭蕉（一六四四—一六九四年）とノリコだ。ノリコについては私はほとんど無知だ。生年月日を知らないし、没年さえ不明だ。われわれは、日常接している人々についてほとんど無知なのに、死んだ人についてはあまりに多くのことを知っている。いったいどうして、地下鉄で最近会ったことがあり、一度だけ見つめ合ったことがある若い子が、私の電話番号を求めて右往左往し、見つけ出して、電話するのだろう。こんな日もある。

芭蕉は、人生とは終わりなき旅だという考えに形を与えたかった。彼の最初の旅は、友の千里《ちり》を連れて、母の墓参りをすることだった。その後、二度目の旅を試み、鹿島神宮に名月を観に行った。今回は彼の最期の旅だ。その後も旅をすることはあったが、もはや同じものではなかった。そのような旅は一生に一度しかない。人は別れの挨拶をしつつ旅をする。ボルヘスは、人間が「オルヴォワール《またお会いするまで》」を発明したのは、自分たちが「頼りなくもはかない」ことを知っていたからだと信じていた。それは旅人の宿命でもある。

私は芭蕉の『おくのほそ道』を読み終え、この頭の切れる僧がむしろ私の内部を旅していたことを悟る。私の内面風景が、放浪の詩人によってことごとく記述されているのだ。私の情感の詩脈が彼の辿る孤独な細道になっている。若い娘が入ってきた。私は浴槽から出る素振りも見せなかった。彼女は、まるで精神分析医のように、ちょうど私の頭の後ろに座った。

「いつも本を読んでいるの」

「そうね」

「部屋に女がいてもそうなの」

「そんなこともあるよ……楽な気持ちにしてくれる時は本を読むさ」

「で、今は楽な気持ちなの」

「まあね」

「どうして」

「親しい感じがするからさ」

「私を見ていなくても？……だめよ。振り向いちゃ。後で、見られるから」

「後って、いつ？」

「目をつむってね」

私は目をつむる。衣擦れの音がする。服を脱いでいるのだ。再び地下鉄に乗っている気分になる。正面には中国女。頭の中には芭蕉。周りの乗客たち――影の存在。湯船に入ってくる音がする。

「私が言うまで、目を開けちゃだめよ……」

「ゲーム？」

「まさか。ゲームはしない主義よ」

彼女は私を無造作に撫でる。ほとんど怒っているように。

「男を撫でるのは初めてなのよ」

「やさしいのも悪くないけれどね」

彼女は笑う。だが、作り笑いだ。

「ごめんなさいね……男の世界って、なんでも乱暴だと思っていたのよ」

「私たちは相手を人として区別できていないんだよ。君は男一般と初めてセックスしている。私ははじめてアジアの女一般とセックスをしているところだ」

「いいかげんにおしゃべりは止めにしてよ」

それから、彼女はセックスをした。たまたま私が相手をしているだけなのだ。私の体が空いていて、感じやすいからにすぎない。おまけに、お湯の中だ。

「そろそろ目を開けてもいいかな」

「まだ駄目よ。私が服を着るまで待って……」

彼女が浴槽から出て、たっぷり時間をかけて服を着ている。逆さまのストリップショウだ。私の耳はなにもかもキャッチする。覗き屋のくせに目を閉じていなくてはならない。日本人だろうと見当はつけていた。目を開ける。ノリコだった。

「ノリコじゃないか！」

「三日も前からあなたの跡をつけているのよ……もうへとへと」

「でも、なぜ？」

彼女は精根尽きたように座る。

「私、ひどい焼き餅を焼いているの。だって、あなたが帰った後、ミドリったら、あなたの話しかしないんですもの。彼女になにをしでかしたの？　彼女、人が変わったみたいよ。場所の変え時だと言っているわ」

「少し体勢の立て直しがしたいんだろうな」

「ちがうわよ……ほんとにあなたって、油断がならない人ね。絶対、あなた、ミドリに何かしたのよ……何かが壊れたっていう感じ。すぐに調子を取り戻せないようなら、彼女、どっかに行ってしまうわ」

「旅行でもすればいい気分転換になるよ」

「冗談言わないで。彼女の言う旅って……いま、彼女は危険な状態なのよ」

「それはどうも申し訳ない……それで、ミドリが私に恋をしていると思っているわけ？」

「ちがうわよ！　あなたはミドリを粉みじんにしたのよ。おまけに、灰塵になった彼女を町中にまき散らしたのよ。私は、三日間あなたをつけ回しているけれど、あなた、変質者みたいにほっつき回っているのね。あきれたわ。とんでもない時に立ち止まるし。用もないのに人に話しかけるし。右に行くかと思えば左に行くのよ。あなたは、ミドリを立ち上がれなくした張本人ね。私の身も心も、私の頭も彼女のものなのよ。あなたはなにもかも灰にしてしまったの。彼女がいなかったら、私、おしまいよ。ほんとに憎らしい人……ビョークの身に起こったようにミドリにも手が出せると思ったら大間違いよ」

話が途切れた。彼女は息が継げなくなっている。

「私、もうくたくただわ」

彼女は音もなく、椅子から滑り落ちた。私は湯船から出て、彼女を抱き上げると、ベッドに横にならせた。体が軽いのに驚いた。見ると、彼女は握り拳をつくって、子どものように眠っている。

身投げ

真夜中、乾いた音に目を覚ます。開いた窓。風の唸り。駆け寄って見る。ノリコではないか。歩道に倒れている。血溜まりの中に。テーブルを見ると、切手の貼られた、母親宛の手紙が残されている――ここに来たときには、すでに自殺を考えていたのだ。ミドリにはイヤリングを遺している。慎ましい語句が走り書きされている――ア・ソング・フォー・ミドリ。彼女は、この手紙をだいぶ前から身につけていたのかもしれない。自殺の口実を求めていたのかもしれない。あるいは死に場所を。お互い知り合いではなかった。たまたますれ違っただけなのだ。彼女は、他の子たちを巻き込みたくなかったし、ミドリに後ろめたい思いをさせたくなかったのだろう。かといって、あまりに関係のない場所で死にたくもなかった。それでは、取り巻きたちとの関係がすっかり切れてしまう。私のところで自殺することによって、彼女は仲間にメッセージを伝えているのだ。それにしても、どうして私とセックスをしたのだろうか。生涯最期のセックスを。それが、ミドリに伝えたかった真のメッセージなのだろうか。男とのセックスは、取り巻きにとってはタブーだ。ノリコは最期の時になって、それを破った。いや、どうかな。彼女は本当にタブーを破ったのだろうか。もしかしたら、ミドリとセックスをしていると想像したのかもしれない。とはいえ、私がミドリではないことは承知の上だ。そうだとしても、私にはそれがノリコだとは分からなかった。別の視点に立ってみよう。あの場面でのノリコが私だったとしたら。そして私の上のノリコはミドリにほかならなかったとしたら。そんな風にノリコはあの愛の場面を思い描いていたのかもしれない。風呂の中で。彼女の上にはミドリがいた。彼女は目を閉じていたにちがいない。なぜなら、ミドリの視線を恐れていたからだ。体が凍りついていたのかもしれない。ようやくのことで、彼女はミドリと出会えたのだ。まさに身投げの直前になって。

ア・ソング・フォー・ミドリ

一時間後、警官が二人やってきた。のっけから私に嫌疑がかけられた。私は不器用に対応するしかなかった。ニグロが一人とアジア女が一人、悪所で知られるこの地区の垢で汚れた部屋で何をしていたのかなんて、答えようがないではないか。私はすぐに彼女のヒモだろうと難詰された。アジア人たちの組織について尋問が長々と続いた。モントリオールで組織を拡大しているらしい。そのうち、警官たちの目がテーブルのイヤリングと、傍の母親宛の手紙の上に落ちた。証拠品は丹念に調べられ、それからプラスティックの小袋に入れられた。

警官の内の一人が、帰り際に、心残りでもあるかのように私に言った。

「あれのおかげで救われましたね。てっきり、あなたが窓から突き落としたと思っていましたからね」

警官は私をじろりと見つめた。少し脅かしておくためなのだろう。難関をようやく切り抜けたという思いだ。思ったよりも早く。それにしても人が死んだのだ。自殺ということになった。母親宛の手紙の中で彼女はすべてを説明していたのだろう。もしかしたら、私に嫌疑がかからないようにするためだったのかもしれない。彼女のドラマの中で私はとるにたりない存在だったのだ。いつでも決まったように、三つの異なったパレットがあるというのは、少なくとも彼女のやり方がそうなのだが、どうしてなのだろう。あの手紙は母親に宛てられていたのではなく、警察に宛てられていたのだ。かつまた、あるやり方でミドリにも宛てられている。

「これでお終いですか」

「用があれば、電話が来ますよ」

この台詞は、私が日雇い労働者として働いていた時代によく聞かされた決まり文句だ。本当に電話が来たことなど一度もない。私は、一応、礼を失しないようにする。

「警官にこんなに礼儀正しく扱われたのは初めてですよ」

「それが規則ですからね。警官は民間人にいつだって礼儀正しいですよ」

警官は去った。私はベッドに再び倒れた。ノリコが歩道に落ちたときの乾いた音が頭にこびりついて離れない。

ところが、本当に警官から電話が来て、ノリコがバンクーバー出身で、捜索願いが出されていたと教えてくれた。トロントの精神病院から逃げ出していたのだそうだ。両親はほんの三年前にカナダに移住してきた日本人だそうだ。彼女は、勝手に双子の姉妹だという話を作っていた。もう一人は性格が正反対の子で、ツキという名だ。ノリコが優しい分だけ、ツキは激しい気性なのだそうだ。間違いないことは、私は優しい方と出会ったということだ。それにしても、誰がノリコを殺したのだろうか。双子の一方だったのかもしれない。二人ともミドリに恋をしていたのだから。ツキが、ノリコのイヤリングを母親に送るように書いたメモをテーブルの上に置くだけの時間はあったのだ。メモの下に、彼女が書きなぐった字が見えた。ア・ソング・フォー・ミドリ。

フレンチ・キス

スーブラキアは、民主化以後のギリシャで唯一、目新しい見っけものだが（こんなことを言うのは、管理人をじらしてやりたいからだ）、この焼き肉サンドイッチを買ってはきたものの、私はそれを前にして、毛沢東が死んで以来、どうしてこうも現代日本趣味が受けるのかと考え込んでしまう。なんだろうが触るや否や型に嵌めたクリシェに変えてしまう、お見事というしかない日本的能力は、この際、置いておこう。たしかに、あのクリシェはどうなっているのか、謎めいているが、ギリシャ神話の現代ヴァージョンということはありえる。そもそもギリシャ人たちは自分たちの昔のクリシェをギリシャ神話と呼ぶことにしたのかもしれないではないか。フレンチ・キスはありふれて珍しくもないが、フランスだけにはないキスなのだ。フランス人は、キスをするとき互いの舌が触れないように神経を使ったりしない。ところが、北アメリカでは、舌が触れ合うと、フレンチ・キスということになってしまう。私は、おろかにも人間なら誰だってする、ごくごく当たり前な行為と思っていた。生まれて初めてキスをした時は怖くてしかたなかった。万が一にも相手が僕の舌に食いついたらどうしよう、って。よく考えてみれば、自分の体の一番おいしいそうな部分を相手にゆだねているんだ。「あなたの舌をちょうだい」なんて、北と南ではぜんぜん意味が違う。私はあれこれ考え、あちこちに入ったり出たりする。最初から通せんぼする柵をこしらえてはまずいよ。パスカルのテーブルから落ちるパン屑について考えているのだから尚更のことだ。パスカルのように思いつきの屑を拾ってみるんだ。たしかに、クリシェを前にしたら道徳も敵わないよ。クリシェは目と鼻の先にある。申し分なく、神秘めいて、永遠に。パン屑のようにね。クリシェはこちらに微笑みかけ、こちらを見つめる。自分専用のクリシェ使用法を編み出そうたって、そうはいかないのだ。せいぜい相手にそのまま挨拶を送り返すくらいのことだ。ニグロが怠け者なのは誰もが知っている通り。これも立派なクリシェ。ところが、白人が働きすぎる時となると、「ニグロのように汗水ながす」とも言うのだ。そういうことになっているのだから仕方がない。クリシェは光速で時空を超えてしまう。一度言われたら、黙るしかない。ふと窓の外に目をやると、若い女性が三人、急ぎ足で通りすぎていく。一人はフミそっくりだ。あの人の悪そうな笑いでフミだと分かる。ここからあまり遠くないレストランで講習を受けていると言っていたっけ。姿が見えなくなる直前に振り返った。いや、フミではない。歩道の上で、一人の日本人がギリシャ人のシェフをしきりに写真に収めている。いつも同じ質問が舌の上に残る。日本人にはなにが見えているのだろうか。それを知りたかったら、日本人になるしかないだろう。

ピンポン試合

おや、点滅しているぞ。日本領事館からの電話だな。二度もかかって来ているじゃないか。早いな。なんてすばしっこいのだ、日本人は。すぐにこちらから電話。電話をしてきたのは夕ニザキ何とかという人だ。いまは、上司のムッシュー・ミシマと昼食に出ているということだった（上下関係について下手なことは言えない）。実を言えば、留守番電話を聴いただけだ。昼食時はオフィスが閉まり、午後二時頃にならなければ開かないという懇切丁寧な案内だった。そこで、昼食後まで待ってまた電話する。しばらくお待ちくださいと言われる。待っていると、私の名前が聞こえた。日本語の会話の中で私の名前が言われるのを聞いたのは初めてだった。新しい食材が入ったサラダみたいだ。唐突に、少し鼻にかかった声が私に向かってきた。

「あなたは作家でいらっしゃいますか」

「ええ、そんな時もないではありませんが」

「私はムッシュー・ミシマと申します。ですが、作家ではございません。私は日本の副領事でございます。……実は一度、あなたにお会いしたく存じまして」

「ご用件はなんでしょう」

「電話ではお話ししかねます」

「来週の水曜、〈カフェ・レ・ガットリ〉ではどうですか。差し支えなければ」

「それでもよろしゅうございます。ただ、どうしてそのカフェでなくてはならないのでしょうか」

「別にそこでいけないことはないでしょう」

長い沈黙。

「それでは、〈カフェ・レ・ガットリ〉でということに。水曜日の正午に……お伺いいたします」

なぜか自分でも分からないが、そのカフェでなくてはならないと強く出るのが肝心だと直感した。それで、会う場所と時間をこちらから指定したのだ。いつでも、状況を掌握しておかなくてはならない。コッポラの映画『ゴッドファーザー』でもそうだった。自分で場所を指定し、早い時間に来て、トイレの水洗装置の後に拳銃をこっそり置いておく。それにしても、あの沈黙。たしかに、あのタイプの電話による会話に沈黙はつきものだ。それにしても、あの不躾な会話の中断には、おしゃべりの私は手も足も出なくなる。音が一切なければ沈黙だというわけではないが。日本人にとって沈黙はなんなんだろうな。あの会話の中の空虚は、どんな文化も同じやり方で生みだすわけではない。もちろん、空虚というわけではなく、地下で会話がなされている（人と話すときは、頭の中でも話しているものだ）。沈黙が聞こえるのは、二人の会話が同時に停止するときだ。ピンポンの試合のようなもので、相手から返ってくる球を待たなくてはならない。そして、同じリズムで球が行き来しなければ、あの一瞬の空間が生じて、言葉が途絶えるのだ。それがわざとなされないこともある。現代では、たしかに三種類の沈黙を職業的に使い分ける人がいないではない。短い沈黙と長い沈黙と居心地の悪い沈黙がある。彼の沈黙をどう受けとめていいのか途方に暮れた私は、急に押し黙ってしまった。私がそんなにも急に会話を止めるとは予想していなかったのだろうか、ともかく、暫し彼の声が詰まったようになった（体が頭と同時に黙り込む時だ）が、呟きのような声が聞こえた。

「部下と一緒に参ります。ムッシュー・タニザキと申しますが……お差し支えないでしょうか」

沈黙。私はさきほどから、臆面もなく黙り込む作戦に出ている。沈黙は顔面に浴びせる武器になる。

「かまいませんが」

「万が一、それでご都合がわるいようなことがありましたら、お知らせいただければ幸いです」

礼儀正しさ。私は忘れていたようだ。いつでも、一つの話題の後にもう一つ別の話題が隠れている。沈黙の背後には礼儀正しさがあるのだ。そして、礼儀正しさの背後には悪意が控えていることがある。

「いや、ご心配なく」

再び長い沈黙（今度は彼の方だ）。礼を言って、受話器を下ろしてくれればいいのだが。電話をかけた方が会話を終わりにするものだということが分からないのだろうか。そんな約束事を知らないのだろうか。外交官なのだから、知っているはずだろうに。私は会話を打ち切る決心をする。

「お電話してくださりありがとうございます。……近いうちに《アビャント》」

空白の時間。まるで、彼が書類にサインをすることで手一杯であるかのようだ。

「ハイ、それでは、近いうちに」

小さな雑音が聞こえた。誰かがわれわれの会話を聴いていたのではないかと思わせる、あの音だ。ムッシュー・ミシマと同じ部屋にいないので、受話器を切るのを合わせられなかったのかもしれない。十分の一秒だけ早かった。彼の部下、ムッシュー・タニザキだったのだろうか。

寿司はお好きですか

私がよく根城を変えるのは、特定の狭い場所に私のアイデンティティを結びつけたくないためだ。私は自分の足跡を消しておくのだ。きらめく大都会の動く標的になりたい。こんなことを言うのは、愕然としてしまったからだ。ムッシュー・ミシマは、結局、日本レストランを会合の場所に指定し、人に見られることなく人が見られる、私の行きつけの、サンドニ通りにある質素なカフェを拒んだ。このアイデンティティ上の移動に譲歩して、日本レストランに日本人と入るのはなんともいただけない。いずれにしても、そこからよく分かることは、世界に対する想像力の容量である。彼らは、普通の人よりは好奇心をもつこととひきかえに給料をもらっているはずだろうに。彼らにとって、宇宙は彼らの心的空間と、けち臭い外交的術策に縮小されている。彼らは、最初に糞をした所で死ぬつもりなのだろう。今朝の私の機嫌が悪いのは隠しようがないが、どうにもしょうがない。さんざん苦労したことが水の泡になったのだ。情けないが、これで終わったわけではない。せっかく日本レストランとは違うところで会うつもりになっていたのに。たとえば、中華料理でもよかった。中華料理レストランの日本人も悪くはない。韓国料理のレストランだったら、これはもう破壊的と言ってよい。最近は寿司レストランがあちこちにできて、夜のうちに筍のように増えていくのではないかと思えるほどだ。日本人管理職ばかりがたむろする店で、どうやって二人の日本人管理職を見分ければいいというのだ。性格のはっきりしない二つの顔が部屋の奥から私にむかってにっこり微笑んでいる。同じ黒のスーツ、同じ髪型、同じ微笑み。ムッシュー・ミシマはどちらだろう。ムッシュー・タニザキはどこにいるのだろう。私は二人を見分ける努力をすぐに諦めることにした。二人が同時に椅子から立った。

「日本副領事ムッシュー・ミシマでございます。公式には文化参事官でございますが、職務の範囲がはっきりしているわけではないものですから……。日本領事館では、全員実務をいたしておりますもので……。こんな粗末なところにいらしていただきまして、大変恐縮です」

押し殺した笑い。

「私は部下のムッシュー・タニザキでございます」

「どうぞお掛けください」とムッシュー・ミシマ。

ムッシュー・タニザキが言ったのかもしれないが、私は誰が誰なのかこだわらないことにする。席についた。どっちにしろ、勧められるまで遠慮するつもりはなかった。ムッシュー・タニザキ（あるいはムッシュー・ミシマ）は、私が座るにあたってこれ以上はないほど細心の注意をこめて世話をしてくれる。ほんの僅かでも私が座り心地の悪い思いをしないようにと、心を奪われているようだ。昆虫学者が黒い昆虫を朱塗りの美しい箱に滑り込ませているみたいだ。見たところ、黒がレストランの色になっている。テーブル、椅子、食器、ナプキンが黒いのに対して、フォークとナイフは赤い。不意にムッシュー・ミシマがテーブルを変えてほしいと頼んだ。空いているテーブルがないとなると、私と席を交代したいと言い出した。私は、「どうかお構いなく」と言わざるをえなかった。この席でよろしいです。彼はまだ納得していなかった。ムッシュー・タニザキの方を向くと、今度はムッシュー・タニザキが立ち上がって席を私に譲ろうとする。そこからなら通りが見えるというのだ。いや、それには及びません。このささやかな場面は、ムッシュー・ミシマが、これ以上私の居心地をよくすることはできないと確信するまで続いた。それが、私をもてなすアジア的な歓待であるのは結構だが、私の性分にはまったくあわない。私も努力をするようにと期待されているのかもしれない。そうなのかな。いやいや。古い歴史をもった洗練の極みの文化は彼らの方である。私は、若く、野蛮なアメリカ人なのだ。私は腹を引っ込めて、膝を合わせ、肩を丸くして、私に与えられている限られた空間を楽しめるようにする。店内を一瞥すると、このレストランが一定の背丈の人間に対応していることに気がつく。まるで、アメリカの黒人バスケットボール選手のように背の高い人はご遠慮願うと言わんばかりだ。

「レストランはお気に召しましたか」

ムッシュー・タニザキが私に尋ねる。

「そう」

私は感情がこもらない言い方をする。

「気に入っていただいてほんとによかった」

ムッシュー・ミシマが微笑みながら言う。

「東京のちゃんとしたレストランに近い店が、他にないものですからね」

私の嫌いなものがまた出てきた。本物主義というやつだ。本物のレストラン、本物の人たち、本格的なもの、本当の人生なんて、これ以上の偽物はない。人生は、もっと違う場所にある。

「寿司はお好きですか」

「いや」

私はもうしばらく不機嫌な顔をすることにした。二人は途方にくれている。たしかに寿司が嫌いとなれば、日本レストランでは障害になりかねない。

「いや、魚が苦手なものでして（これは嘘だ）」

「ああ、そうでございますか」

ムッシュー・ミシマは、魚が嫌いな人（あるいはそう公言する人）がいることに驚いたものの、急いで落胆した気持ちを隠そうとしている。

「別に魚にアレルギーがあるわけでも、菜食主義者というわけでもありませんが、単に魚を食べるという思想に賛同できませんものですから。私から見ると、あまり感心した思想じゃありません」

「幸いにして、日本料理には魚しかないわけではございません」

気後れした声のムッシュー・ミシマ。

「いずれにしても、なんとかいたしますので」

ムッシュー・タニザキが大急ぎで言い足した。

作家でいらっしゃいますか

　私はスープに取りかかった。またもや気まずい沈黙が降ってきた。私の神経は、とてもこんなゲームに耐えられるほど強靱にできてはいない。私は、単刀直入に本題に入るしかなかった。日本的礼儀にはそぐわないことらしかったが。

「私のようなしがない作家の存在を、日本領事がご存じだとは夢にも思いませんでした」

　まずは彼らのへりくだった言い方を真似てみせる。今度は嘘偽りのない哄笑。ムッシュー・ミシマの笑いなのか、ムッシュー・タニザキの笑いなのか区別がつかなかった。どちらかが腹話術師なのだろうか。

「いや、私の部下が教えてくれましてね」

「そうですか……」

「あなたさまは作家でいらっしゃる？」

「いま、この瞬間は違いますがね」

二人が笑う。

「なんでも本を書いていらっしゃるところだと」

「そうとも言えるし、違うとも言えます」

「どんなご本なのか、教えていただければと思いまして」

「それで、調査を始めたということですか」

シンクロナイズされた笑い。

「調査なんて、とんでもございません……ムッシュー。私ども、そんな余裕などございません……。せいぜい新聞を読むくらいなものでございます。私どもの課には三人しかおりませんものですから。東京は経済にしか関心がありませんからね。そちらの課には十七名の人員が配置されています。お分かりのように、私どもは軽んじられておりまして……」

私は、新しい世界秩序の中で文学がなんの価値もないことを知らないわけではない。作家を真に受けて、ことある毎に投獄し、銃殺にさえ処すのは、第三世界の独裁者くらいなものだ。給仕が料理を運んできた。私は、すっかり当惑してしまった。四、五人の日本人ビジネスマンがやって来て、ムッシュー・ミシマと何事か話しはじめたのだ。忙しそうに微笑んだり、笑ったりしなくてはならないことが話題になっているらしい。私にはなんのことか見当もつかなかった。四分の三は日本語が使われ、四分の一は英語だった。日本語は強い英語訛り、英語は強い日本語訛りだ。私がいることなどお構いなしだ。私が目に入らなかったのかもしれない。一つの言葉しか話さない人たちがいるものだし、レーダーに、あるタイプの人間の影しか映らない人がいるものだ。同じ宗教とか、同じ階級とか、同じ人種の人しか映らないのだ。こうした行動はどこの社会にもありふれている。彼らは、一人また一人と立ち去った。旋風《つむじかぜ》のように。ミュージカル・コメディーの乾いた笑いを残して。

「ところで、俳人というか詩人のことですが」

ビクリとする。私はいつでも詩人のことになると無関心ではいられないのだ。

「詩をお書きになりますか」

「いや」

「詩はお好きでいらっしゃいますよね」

「どうしてまた藪から棒に」

「我が国の偉大な詩人、といいますか俳人の芭蕉にご関心がおありのようで」

「どうしてまたそんなことをご存知なのですか」

「どこに行かれても読んでいらっしゃる……」

「まさか、尾行ですか」

「そんなに興奮なさらないでください」

「私は忙しいんです」

「部下のムッシュー・タニザキがですね、すばらしい翻訳家なんですよ」

「私の著書を翻訳したいのですか」

「そうしたいのは山々ですが……正直申しまして、わたくしは、うだつの上がらない学校の教師にすぎないのです」とムッシュー・タニザキ。

「私の出版社に連絡をとってくだされば済む話です」

「いうまでもなく、あなた様の最新作のことなんですが」

「最新作って？」

「いまお書きになっているご本です。日本についての」

「私は、いつも自分のことしか書きませんよ」

ムッシュー・ミシマとムッシュー・タニザキが顔を見合わせる。ムッシュー・タニザキの眼は軽いパニック状態だ。今度は、私にも見分けがついた。いつも怯えているのが、ムッシュー・タニザキ。この違いは、上司と部下の関係なのか。

「いまお書きになっているご本は日本となにか関係がございませんでしょうか」と、恐る恐るムッシュー・タニザキ。

「タイトルは別にしてでございますがね」と、ムッシュー・ミシマが引き取る。

「私以外の誰にも関わりのない日本のことをおっしゃっているのかな」

ムッシュー・タニザキがほっとしたように息を漏らす。

「なにか、私どもにできることはございませんでしょうか。なにかやらせていただければ、と思いまして」と、ムッシュー・ミシマが泰然として言う。

「まだ書いてもいない本なものですからね」

二人は急に元気づく。表情をとりつくろうことができないほどだ。

「まだ紙の上に書き写していないことは承知しております。まだ構想中でいらっしゃる」と、訳知り顔のムッシュー・タニザキが身を乗り出して話し始めた。

ムッシュー・ミシマ。

「実は、今度という今度は私どもの提案に東京が関心を示しておりましてね。もし日本に行かれたいということでしたら……いや実はですね、芭蕉の足跡を訪ねるのにうってつけのガイドがおりましてね。二百五十年ほど前に詩人が歩いた路を巡るご旅行を用意いたしてもよろしゅうございます」

「私は、日本に行きたいなんて一言も言っておりませんよ。そんなこと、考えてもみませんでした」

「季節もちょうどこれからなんですがね」

ムッシュー・ミシマが甘く誘うように言った。

「さすが芸術家でいらっしゃいますね」とムッシュー・タニザキは取りなす。

「いや、明快率直なご回答をいただきまして、私どもも納得いたしました。……お邪魔になるようなことは極力控えるようにいたします」

「ただ、不躾で、かえってご迷惑かもしれませんが、ご準備されている構想が成功するためでしたら、どのようなことでもおっしゃってください。日本領事館と、そのスタッフはできる限りの協力を惜しみませんので」と引き取る日の本の国《ソレイユ・ルヴァン》の副領事ムッシュー・ミシマ。

「あなたの文学的使命」と言わんばかりの調子にぎょっとした。物事には越えてはならない一線というものがある。仕事について一言でも相談したら、句読点についてであろうと、私に代わって本を書きかねないような勢いを感じてしまう。あの慇懃な物腰の陰に鉄の意志が隠れていそうだ。もっともらしい理由をつけて、介入を試みるのか。

ムッシュー・タニザキが、なにもかも心得ていますといわんばかりに片目を瞑ってみせて、陽気に取りなそうとする。

「芸術家というものは、国家が口を挟んでくるのを嫌がりますからね。それはもうよく承知いたしております。言うまでもございませんが、日本についてなんでも気兼ねなく書かれて、一向にかまわないのです……いや、いまご著書を読ませていただいております。あなたが宣言なさったのをお聞きしたものですから、すぐに書店で買って来たんです」

「宣言って？」

「いやあ、感動いたしました。北米の商業モールで『吾輩は日本作家である』とおっしゃったのをお聞きしましたよ」

「私は日本作家ではありませんよ……私は『吾輩は日本作家である』という書名の本を書いているということです。だからといって、私が日本作家になるわけではありません」

「どうもごめんなさい。なかなかお話についていくのが……ムッシュー・タニザキなら文学の専門家ですから、きっと、おっしゃりたいことをきちんと理解しているはずです……」

「もちろんでございますとも。まさに、そこが肝心要《かなめ》のポイントでございますね。そこから、さまざまな視野が拓けてくるわけですから……」

「申し訳ありませんが、そろそろお暇《いとま》しなくてはなりません……もう一つアポイントメントがありまして」と言いながら、私は立ち上がる。

二人があまりに急に立ち上がったものだから、あやうくテーブルをひっくり返すところだった。弁解じみた言葉が雨あられと降り注ぐ。私は、スープを飲まないままに席を離れる。通りに出て、私はもう一度振り返った。二人がものすごい剣幕で言い合いをしているので、取っ組み合いが始まりかねない様子だ。

マンガ的死

天皇は不動の時間を表している。この寓話的な日本の秘蔵物が、『午後の曳航』の著者をくらくらさせた。三島は天皇にあまりに強烈な印象を受けたので、この擬人化された時間に、自らの死を修辞的花として捧げた。一九七〇年十一月二十五日、彼は若い愛人を連れてハラキリをした。おそらく、まなざしの届くところに愛人のうなじがあれば甘美な死を遂げられるということだったのだろう。あるいは、愛欲の対象が介錯してくれれば、ということだったのだろうか。彼は、日本を前未来に置くことによって現在時を消し去ろうとした。フランス語の前未来の時制は文法の中にしか存在しない時間ではある。ファシストは、決まって未来の展開に介入を許してくれるような諸規則に憑かれているものなのだ。もし現実界において過去が買えるようなものなら、そのための貨幣はただ一つ、死があるのみ。自死。それにしても、この三島さん、なんともおどけた目立ちたがり屋ではないか。人の興味を惹かないことはないが、いささか常軌を逸している。ハラキリはマンガを思わせないでもない。三島を、漫画的見地から読み直したらどうなるだろうか。世界中がテレビに釘付けになったのだから。三島は一躍ロックスターになった。自らの意志で自らの死を映像に仕立てた最初の作家、というわけだ。こうして、彼は師匠の川端康成から人気のお株を奪った。川端はノーベル文学賞も虚しく、三島に日本を代表する作家の地位を譲るしかなかった。嫌味に見えるほどバーベルで体を鍛えてみせるような文化人は眉に唾をつけて見た方がいい。二重の力（筋肉質の身体に包まれた洗練された精神）を手に入れた男の頭には血が昇りかねないのだ。人を殴りつけるだけの腕力のある文化人は、必ずといってよいほど、腕まくりして汗水たらし群衆に演説をぶつようになるものだ。あの日、三島の群衆はそれに応えるだけの用意ができていなかった。三島は、自死によって若者たちを奮い立たせようと念じていた。あの、民衆の至高の歌を轟かせる若者たちを。三島の群衆はテレビの前に座ったきり、ついに立ち上がることがなかった。座した群衆だった。ランボーは「座った者たち」を嫌悪したものだ。ヒロシマ以後の日本の新しい価値を認めていなかった三島は、時間の究極的守り神としての天皇に自分の栄誉のすべてを譲ろうとした。しかし、天皇の正統性の再建を試みることによって、三島は、死の只中において日の本《ソレイユ・ルヴァン》の帝国的存在となった。子どもを眠らせるために羊の数を数える羊飼いは、眠りの守護神である。三島は死んだ。日本は眠っている。

プラトンと管理人

管理人と顔を合わせたくなかったので、非常階段を降りて外に出た。なにしろ家賃が二週間分たまっている。ギリシャ人の管理人だ。それで、プラトンとスーブラキアとの切っても切れない縁（哲学者といえども腹は減るさ）について一席ぶって煙に巻いてやることにしている。管理人のやつときたら、プラトンをとんとご存じない。海の男なのだろう。ユリシーズのことなら少しは関心があるのかもしれない。プラトンを知っていようがいまいが、そんなこと、どうでもいいことではあるけれど、押し問答で気押されないように釣り合いをとらなくてはならないのだ。彼は金で迫ってくるが、私は精神で押し戻してやる。プラトンを知っているからといって、毎週繰り返される問答で有利になれるわけではない。油断禁物。毎週木曜が家賃の支払い日だ。私はいつも午前零時より十分前に金をもっていく。まだ木曜に変わりないだろうとばかり涼しい顔をしてね。それから、おもむろにトルストイを一冊、手にとって風呂に浸かる。

『戦争と平和』の風景描写を一行たりと飛ばさずに読めるのは、家賃を支払った後の失業者くらいのものだよ。このマラソン読書のささやかなリストに、重役秘書も付け加えさせていただこうか。彼女たちときたら、肩にショールをかけて、スティーヴン・スピルバーグの大河小説を下っていく。ビジネス街の高層ガラスビルは冷えるからね。大概の人は、ダイエットのレシピの方を好むだろうな。「二百頁以上だったら、私は開けてもみませんよ」と、この間、高名な文芸批評家がドイツのテレビでのたまっていた。テレビを見ないくせに、よくテレビを引き合いにだす物書きがいるものだが、実は私もその一人だ。中国の諺を引用するのもそうだが、好き勝手なことが言えるからね。四六時中テレビを見ている者なんていやしない。私の羊の話に戻った方がよさそうだ。今夜中に必要な数だけのお札を集めなければ、管理人の堪忍袋の緒が切れてしまいそうだ。木曜の夜はなるだけ家にいないようにするので、つい家賃の支払いを忘れてしまうことがある。場末の飲み屋にしけこんで、時間を計っては、管理人が檻の中を獣のようにぐるぐる歩き回っているのを想像してみる。だが、金のあるときには、私はさも勿体ぶって姿を現す。階段もわざと音を立てて昇る。一人で踊ってみる。やつの頭の上になるように狙いを定めてね。いつも窓際にいるのを知っているのだ。私には体内に地震計みたいなものがあって、やつが見えなくても、わずかな動きを察知できる。やつはしびれを切らして、ドアをノックにくる。私は、やおらプラトンをやつの顔に浴びせる。古代ギリシャの知的スターだからね。やつは誰のことか見当がつかず、向かいのしみったれた公園にたむろする浮浪者のことだと思うらしい。ギリシャ人なのだから、一度くらいプラトンの名前を聞いたことがあるはずだが。プラトンも知らないギリシャ人に出会って、私は偉くなった気分になる。とはいえ、私は、ギリシャ哲学を取り巻いているプロパガンダに虫酸が走るタイプの人間だ……奥ゆかしい日本の詩人たちの方がはるかに素晴らしい。

私は、まばたき一つしないで言う。

「支払いはもうちょっと待っていただけませんか。プラトンがもうすぐ借金を返してくれることになっているんで」

私は、やつの前でいつも長話をする。目の前にいるやつが寡黙であればあるほど、私は華麗な言い回しにうつつを抜かすのだ。口数の少ない人は胸くそ悪い。頭の中が空っぽなだけではないか。反動的な農民や、街の古株にそういうのが目立つものだ。一言も言わずに背を向けて去っていくようなやつは、金のことしか考えていない。私は言葉において裕福な人間なのだ。年末までの家賃を言葉で払おうと思えばすぐにでも払える。十分ほど経つと、やつがものすごい勢いでまた階段を昇ってくる。不意に虫の居所が悪くなったのだろう。

「あんたのやっこさん、そろそろ金を払った方が身のためだよ」と、息を切らして言う。

「やっこさんって？」

「おまえのプラトン《トン・プラトン》だよ」

「ブラボー。どちらから言っても同じですね」

「うっ……」

「気をつけてもう一度言ってみてください。上から言っても下から言っても同じになるではないですか。すごい、ラップかスラムの歌手になれますね」

「なんのことだ、一体？」

「よおく聴いてください……トンプラトン。分かりましたか。ほら、こういう具合になります」

わたしはカードを一枚取り出して、書いてやる〔フランス語で「おまえのプラトン」は« ton-pla-ton »「トン‐プラ‐トン」と、三つの音節になり、音節を上下どちらからも読んでも同じになる〕。

「おまえさん、気はたしかか？」

「気がふれていても、そうだと言うわけないでしょ。わたしの頭がおかしいかどうかを判断するのは、そちらでしょ。もしかしたらそうかもね、もしかしたら違うかも。もしかしたらそうかも。もしかしたら違うかも」

私は、やつの目の前で踊りだす。やつは顔をますます真っ赤にして帰っていく。すぐに怒りだすやつにはほとほと感心する。もしかしたら、半分はおどけているのかもしれないな。やつが管理人室に一人でいるときにこっそり覗き見る方法がないか考えてみよう。床に目立たないように穴を開けてみようか。ベッドに寝そべってVHSのビデオで、とうの昔に死んでしまったギリシャのボクサーの試合を見ている様子が浮かんでくる。二人のボクサーの内の一人は、やつと同じ村の出身にちがいない。あるいは、昔の民族舞踊かもしれない。彼が汗だくになって踊っている姿が浮かんでくる。脚の動き。それがギリシャの民族舞踊の基本だ。踵の下にやつの土があるのだ。爪先に民族、文化、料理、音楽、そして妻がいるのだ。私は冷やかすのが得意だが、最後に勝つのはいつでもやつだ。だってそうだろう。遅かれ早かれ、金は払ってやらなくてはならないのだ。プラトンなど、吹けば飛ぶような存在でしかない。

ヒデコの秘密

いつもの、お決まりの問題なのだ。もう済んだと思っていると、またもや繰り返される。想像上のプロデューサーがもう一つ終わりのシーンを作ってほしいと言ってきた。なぜだろう。短すぎるのだそうだ。それから、映画は問いを立てただけで終わりにするわけにいかないんだ、と私に言う。私の行く手を阻む者なんているだろうか。お金だな。想像上でもお金には抵抗しがたいものがある。なんの話だったろう。そうだ、ヒデコの秘密の話だった。ヒデコの秘密とは何か。恥。誰にも愛されていない人を愛する恥だ。彼女の姿が見えてくる。なんともさえない容姿だ。人のために尽くすタイプの子だ。彼女のセクシャルな性向は身体深く埋め込まれてしまった。最近ではマスターベーションさえしない。どこにセックスがあるのかさえ分からなくなっているのではないか。マスターベーションするには、誰か他の人と一緒にいる自分を想像しなくてはならない。その人に強いるか、自分に強いて、抱擁するようにさせなくてはならない。そのような操作を行うには、自分を少しでも尊重する気持ちがなくてはならない。彼女にはそれがないのだ。彼女には、意地悪な気持ちも野心もない。水をかけてもらうのを待っている樹木なのだ。セクシーなところはなにもない。権力にも縁がない。誘惑なんて思いもつかない。いま私が話しているのは、ヒデコのことではない。もちろんだよ。そうではなく、彼女が愛している子のことだ。彼女の秘事であり、彼女の恥の話をしている。この子の対極には、ルクレツィア・ボルジアのような、意地悪だからこそ美しく見える女がいる。彼女は私の思春期を照らし出してくれた女だ。意地悪な性格には、スパイスのような凄みがある。ハリウッド映画を見ていると、本当の意味での悪女は、なんと言っても権力の亡者だ。だが、その前提として、彼女は美しい。丁度、フミのようにね。フミは、黒い髪をしていて、目つきに深みがあり、唇が魅惑的な女だが、無駄にエネルギーを使わない。彼女が人をたぶらかすのは、それが権力の座に向かって進むのに役立つ時だけだ。そうでない時は、彼女はエスプリに訴える。大抵の女は残念ながら反対だ。自分のもっている、人をたぶらかす力をすり切れるまで使って、知性は安全な所にしまい込んだままだ。それではさび付くので、一番必要とするときに、エスプリに欠けた女になる。フミはもっと慎重で、蟻の様に勤勉でもある。また映画の話になるが、映画では、悪女が周到に、誘惑の大勝負に出る用意を整えるものだ。まず髪を解いて肩に垂らす。たっぷりとした髪をしている。軽く化粧する。悪女はいつでもなすべきことが分かっているのだ。透ける様なランジェリーとか、肌のケアなどはあまり気にかけないように見えるが、香水やアクセサリーの選択は絶妙だ。生地の肌触りや色の温度も大事にする。丁寧に着付けをするが、度を越さない。そして最後の仕上げとして、心の化粧をする。輝くばかりの人のよさをまとわせるのだ。見る者は、彼女に善良になってほしいと願う。彼女が男に拒まれることは絶対にない。既婚の男や、徳の高い女性を最後の瞬間に救ってくれるのは、いつでも、偶然の出来事（純真な天使の到着）である。男が悪女の腕の中にいたとか、本来いるべき場所にいなくて、ありとあらゆる誘惑の島にいたなどという事実には誰もが目をつむるのである。しかし、容姿のまずい女は、権力が側《そば》に受け入れてくれる時でも、悪女とははっきり異なる。彼女は、王の道化師と同じような資格で受け入れられている。不眠症のヒデコは、廊下を歩いていき、トモが部屋にいるのを見る。ドアが暑さのために半開きにされている。トモは、ヒデコに気がついていない。ヒデコは、トモが三島の本を読んでいるのを見る。『金閣寺』だ。奇形の若い僧が、均整と優雅を備えた金閣寺を前にした、奇怪極まりない物語だ。若い僧は、金閣寺と同じ宇宙を共有することを拒否し、火をつける決心をする。ヒデコはその話を知っていた。というのも、彼女の母の好きな本だからだ。その時、あの、奇妙なことが生じたのだ。ヒデコがトモに首ったけになったのだ。ヒデコは、腹を抱えるようにして部屋に戻った。彼女は床に横になって眠りを待ったが、明け方まで、ついに来なかった。いったいどうしたのかしら。どうして私がこんなことになるのかしら。ヒデコは、こんな弱みはなんとしても隠さないといけないと思った。黒い怖るべきフミには絶対に知られてはならない。彼女が口を開く前に黙らせなくてはならない。この事件がフミの千里眼から逃れられるとは考えない方がいいのだ。ヒデコが、フミの秘密を握ろうとしたのは、この時だった。いざフミが秘密を暴露する気になったら、ヒデコを公衆の面前に裸にして晒すことも厭わない以上、ヒデコは、倒れながらフミの秘密を明かすしかないのだ。それが彼女の最後の復讐になるだろう。どうすればこの恥を隠しておけるだろうか。トモに抱く怪物じみた感情を、より普通で、人に受け入れてもらえる感情によって置き換えるしかない。こうして、ヒデコはミドリに精魂こめて尽くすふりをするのだ。ミドリよりもトモの方が好きだなんて、誰一人、想像もつかないだろう。タカシだけは別かもしれないが……タカシは、まともでないところがあって、醜いものや、怪物じみたもの、汚れたもの、気持ちが悪いものだけが好物だ。タカシなら、金閣寺よりも、若い僧の方が好きになったかもしれない。彼は、ある日、自分を灰皿に譬えたことがある。どうしてごみ箱じゃないんだろう。もっと汚いと思うが。ごみ箱にはなんでも見つかる。いいものだってある。灰はどうにもならない代物だ。あらゆるものの終わりだ。タカシは、ある晩、バルコニーで煙草を吸っているときにヒデコの秘密を嗅ぎつけた。女の子たちが夜遊びに出るところで、二台のタクシーに乗ろうとしていた。その時、ヒデコが木の陰に隠れているのを見たのだ。ミドリの隣に座らないためだ。ミドリは、トモが側に近づきすぎるのを嫌がる。トモが彼女を愛していて、面倒を見るのはかまわない。しかし、あまり近寄ってほしくないのだ。ヒデコは別の車に乗り込んだ。トモが乗っている車だ。その少し前、彼女はフミと席を争い、ミドリの側に座ろうとする素振りを見せた。タカシにはピンと来るものがあった。ヒデコはフミよりもずっと先に下に降りてきていたのだから、ミドリの隣の席に難なく座れたはずなのだ。ヒデコが策略を練っているのは明らかだった。彼女がそこまで芝居を打っているとするなら、それはなにか企みがあるからだ。トモの隣に座りたいのだろう。タカシはほくそ笑んだ。二日後、タカシは、ヒデコの部屋を訪れて問い詰める。ヒデコはどっと泣きだして、なにもかも白状した。母親のこと。『金閣寺』のこと。トモに対する嫌悪の気持ちと、惹きつけられる気持ちを。それは、いつでも仮面をつけている敵を名指しできないままに彼女がたえず戦っている戦いなのだ。醜いものに惹かれる、彼女の性的な嗜好である。不格好なもの、嫌われる者、仲間外れにされる者が彼女を興奮させる。タカシは彼女を腕に抱き抱え、慰める。彼は、夜を徹して彼女に新しい世界を開いてやる。彼女だけではないのだ。そんな人は何百万人といる。美しいか醜いかは、私たちの欲望とはなんの関係もない。互いに交わることのない二つの世界なのだ。私たちは、どんなに抗っても、結局は、他者の眼差しを通してしか自分を見ない。タカシは言い聞かせてやる、醜いもの、さえないもの、怪物のようなものを毛嫌いすることの危険は、その反対のものを退ける危険とさして変わりない。相手が私たちの態度に気がついたら、危険は現実のものになる。そして遅かれ早かれ相手が気付くのだから、そうすれば、相手は近づきがたい存在になる。欲望とは、喉の渇きと、近づこうとすればするほど遠ざかる泉との間に広がっていく距離である。夜が明け始めた。ヒデコの体が柔らかくなる。彼女の目が閉じた。唇の上に微笑みがまだ残っている。タカシは静かにドアを閉めて、寝室に戻る。

公園

公園のあの一画はいつも避けるようにしているんだ。アルバータ州の平原でのリンゴ摘みから帰ってきた連中がたむろしているからね。やつらはみな、したり顔に同じ赤い山羊髭をつけ、同じように色が薄い無責任な目つき、同じように汚い爪をしている。そして、驚いたように、しかし誇らしげに爪を見つめるのだ。たいていはモントリオールの富裕な近郊（サンランベール、ルパンティニー、ブロイユ、あるいはブロサード）の息子たちだ。移民労働者に身をやつしてみせたいのだ。ポケットにはスタインベックの分厚い小説が一冊よれよれになって突っ込まれている。昨年だったが、彼らはサリンジャーの『ライ麦畑でつかまえて』をいまだに読みながら、中心街に三日ほど遠征することを夢見ていた。母親には従兄弟のところに泊まりに行くとでも言うのだろう。もう少しすると、ケルアックを読んで、バンクーバーまでのカナディアン・パシフィック夜行列車に乗るだろうし、そのうちブコウスキーを読んでビール樽に取り組むようになるだろう。転落の始まりだ。この公園にたむろしているのは、頭のいかれた第一世代ではない。バロウズとヘロインの注射を打っていた世代とは違うのだ。私は男たちが『荒野のおおかみ』を読み、女たちがハンドバッグにいつでもジブラーン『預言者』を忍ばせていた時代も知っている。ここは、若者が本の中で生きることを学ぶ文学公園なのだ。花を売っている小さな店から遠くないところのベンチに座って、春のワンピースを着た娘たちが赤信号の道路を向こう見ずに渡るさまを観察することにする。女たちはあらゆる権利をもっている。運転している男たちは、女たちの挑発に血液の循環を少し早くさせられる。もっともとっくに発情していたのだ。四月になると服を脱ぎはじめるこの街では、裸の脚を伸ばした娘たちの群に何度も出くわすからね。女たちは靴を脱いで芝生に足をのせると犬たちとしばし一緒に駆け回ってから、男たちの側に来て座る。すると、男たちは、果てしない旅の話をして、ついには頭痛を起こさせるのだ。男たちは向こうでアルバイトをして稼いだ金でもって犬を買っているのだが、犬は冬に体を温めてくれる。公園の奥でうたた寝をしている若い男は、血統のいい犬を半ダースばかり、まわりに配している。問題は餌の確保らしい。ああいう犬は一日にロバ一頭を平らげてしまうのだ。木にもたれているもう一人の男は瞑想に耽る戦士を思わせる。軍隊が野営しているのではないかと、思い違いをするほどだ。ケベック「静かな革命」の代表的詩人ガストン・ミロンが私に触れんばかりに通りすぎる。やみくもに前に進みながら、あのワニを思わせるがっしりした顎でいま書いたばかりの詩を一心不乱に反芻しているのだ。書店主のフランソワーズ、あの、賞をもらってもすぐに忘れ去られる、腹を空かした詩人や若い小説家のよき友フランソワーズに会いに行くところなのだ。この辺りはなかなか馬鹿にできない文学的な名所で、街の東側にある私の昔住んでいた労働者街とはまったく違う。私は、ある朝、工場を辞めて、もう二度と焦らないという決心をした。私は読み、書き、ぶらつくことにしたのだ。私には知り合いは一人もいないが、あの韓国人だけは、私が彼のことを考える度に姿を現す。

「ミドリに会ったか」と彼が訊く。

「まあ」

「で、どうだった」

無言。

「まあね……誰かが来たよ」

「そうだな」と彼が立ち去る。

いつでも神話を生きたまま保つことが肝心なのだ。たまたま私は、とても参考になる小冊子を読んでいるところだ。ギリシャ・ローマ時代の偉大な歴史家ポール・ヴェーヌの『ギリシャ人は神話を信じたか』だ。ヴェーヌは冷静に、つまり、はったりなしにこう書いている。「詩人や歴史家たちが、専制君主の名とその系譜を掲げ、王朝の歴史を一から百まで捏造していた時代があった。彼らは偽作者でもなければ、不誠実だったわけでもない。真実に到達するために、当時の普通のやり方を踏襲していたのだ」私の事情も大差ない。私は何かを創り出して、次にそれを頭から信じるのだ。私は、もはやあの娘たちなしにはやっていけなくなっている。彼女たちは、私が路ですれ違う女たちよりも遥かに生命力があり、私の時間を喰らい尽くす。私は彼女たちのことしか考えられなくなっている。彼女たちの海に溺れかかっている。目が覚めれば、彼女たちが見えるし、銜えこまれたように、彼女たちがぴたりと寄り添っているのを感じる。私の寝室の暗闇に潜んでいて、目をらんらんと輝かせている。一言、声をかければ、私の想像世界を隅から隅まで駆けめぐる勢いなのだ。私がミドリと書くだけで、読む人にはみな、彼女が見えるのだ。フミも、ノリコも、ヒデコも、トモも、ハルカも、エイコも、タカシもありありと見えるのだ。彼女たち（そしてタカシ）から離れなかったら、命まで奪われてしまいそうだ。ここまでは、夜の空間に閉じ込めてはいた。彼女たちが日の光を見たら、私はお終いなのだ。わずかに残された正気を守るべきだろう。夜と孤独の世界から別れるときが来たようだ。

トロイ戦争

透き通る紙にスーブラキアを三つも大事そうに包んで通っていく男がいる。どういうことなのかはお見通しだ。エレナを一目見たい一心であそこに行った帰りなのだ。私が公園の前、本屋のすぐ隣に部屋を借りたのも同じで、彼女がお目当てだ。管理人の娘で、ゾルバのところで働いている。エレナのやり方は巧妙なので、スーブラキアが夜のひどい腹痛に関係しているとは夢にも思わなかった。たいていレストランの奥まったところ、トイレの近くに座っている。絶対に急ぐことをしない子なのだ。ゆっくりと身をこなし、なかなかあの黒い大きな目を上げてくれない。だが、一度その目で見られたら動けなくなってしまう。初めのうちは、愚かにも私に魅力があるから、それが作用しているのだろうと思い込んでいた。彼女の動作があまりに緩慢なので、自分が釣り人になった気になるのだ。しかし、しまいには、釣り糸の先でじたばたしているのは自分なのだと悟る。真夜中ににわかに起き出して理由もなくスーブラキアを買いに出るようになるが、そこにどんな力が作用しているのか、いまでもよく説明がつかない。彼女の瞳の黒さは真昼でも漆黒の闇を思わせるが、こちらに顔を向けてくれると、ぱっと太陽が昇る。彼女の声を聴くためなら私はなんでもした。

「今日はお天気がいいですね、そう思いませんか」

一言もない。

「マトンのスーブラキアをいつも買いますが、鶏肉が嫌いなんですよ」

間《ま》が空く。

「鶏肉を一度試してみた方がいいかもしれませんね。どう思いますか」

無言。

「エレナっていう名前なんでしょう。知ってますよ。古代ギリシャの美女ヘレネーと同じ名前ですよね。私、お向かいに住んでいるんですよ。あなたのお父さんが管理人をしている所です」

彼女は答えずに元の場所に戻る。

「スーブラキアをもう一つほしいな。よろしいですか」

彼女の行動は薬の売人そっくりだ、客が心底望んでいる扱いを少しもしてくれないのだ。

「テイクアウトでお願いします」

彼女は急ぐ様子もなく褐色の袋にスーブラキアを滑り込ませる。私は、一つ目のスーブラキアでさえもうあまり欲しくはないのに、二つ目をこうして受け取ってしまう。

「アビャント！」

彼女はやはり答えずに元の場所に戻って座る。左の肘に絆創膏が貼ってある。私は、夜の中を、木の茂みに隠れる月を連れて公園を横切る。芭蕉が私に住みついているのだ。

男が一人現れて、私を呼び止める。

「腹が減っているんだ……スーブラキアを回してくれないか」

私は差し出す。男は正面から睨みつけたまま、私を通そうとしない。

「まあ、そんなに急ぐなよ。話ぐらい聴いてくれ」

「私は腹を空かせていませんよ」

「別にいいじゃないか」

男は私の周りを廻りながら踊り始め、頭上高くインディアンの斧《トマホーク》を振り回す格好をする。インディアンらしい顔つきはしていない。

「いい加減にしてください、何のまねですか」

「お兄さん、とろいね、みんながお前さんをスーブラキア男と呼んでいるのを知らないのかな」

「どうしてまた」

「釣り針を呑み込んだのは、お兄さんだけじゃないがな」

「いったい、何の話ですか」

「去年、僕は犬を売ってしまったよ。エレナに会いたくてね……会いたかったら、最低スーブラキアを一個買わなくちゃならないからな」と、人のスーブラキアを貪りながら言う。

「それで、一文なしになったんだ……スーブラキア依存症だよ」

男は私のすぐ側にまで近寄った。タマネギみたいな口臭がする。

「お兄さん、これはな、買わなくてもいいスーブラキアだよ。今度来たら、命はないと思うんだな」

「脅迫ですか」

男はあざ笑う。

「なにを、くだらない。お前さんの危険は、彼女なんだよ……あいつは薬の売人より酷《むご》いからな。コカインの売人も顔負けだよ。お前さんはスーブラキアを買ってはそこのごみ箱に投げ捨てに来るようになるよ。僕たちはそれを食っているんだ。ま、文句を言うつもりはないよ。鳩と同じで、ごみ箱の中を掻き回して、エレナの客が捨てて行ったスーブラキアを漁っているんだからな。お兄さんは微笑んでなんかもらえないぞ、スーブラキアを三五六個買うまではな。お兄さんのする挨拶に何か答えてもらいたいなら、一八二三個スーブラキアを買うんだな」

「そんな数字はどこから持ち出したんですか」

男はごく小さい手帳を取り出した。鉛筆で事細かに書かれている。

「ほら、見ろ……これがとろいお兄さんだ……今週初めからお兄さんはスーブラキアを八個買っている。今日はまだ水曜だっていうのにな……先週、お兄さんはゾルバの店に十八回入っている」

「人のスーブラキアを数えてどうするんですか。私がスーブラキアをいくら食べようと、余計なお世話ですよ」

「お兄さんのグラフだってあるぞ……ほら見ろ。動きは激しくないが、コンスタントだ。夜遅くここを通ることがある。僕の予測では、来週になるとお兄さんのペースが上がるよ……見ろ、ルジャンは週に三十六個スーブラキアを買っている。ペースは徐々に上がってきている。二週間もすれば、五十個のペースに達するだろう。ルブランの記録を破る可能性だってある。ルブランは事故を起こす前に五十三個のペースだったからな」

「この人たちはみな彼女と関係があるということですか」

「エレナを救い出せるのは、美女ヘレネーを救い出しにトロイまで遠征したアガメムノンの軍隊だよ」

「それはどういう意味ですか」

「前の方に犬を六匹つれた男がいるだろう。あいつが駿足で名高いアキレウスだ。本当だ。あいつはそういう名前なんだよ。木の側で瞑想に耽っているやつ、あいつが知将オデュッセウスだ。アイアスもいるぞ。みんな、あそこに陣取っているんだ。神々が俺たちを加護しているんだ」

「以前は何をしていたんですか」

男は微笑む。

「その質問を待っていたよ……僕は学校の先生だ。そこを降りて行ったところのな。歴史を教えていたよ。この公園は日に二回通っていたが、なにも気がつかなかったよ。ある日、僕の生徒でもおかしくないような若者がヘロインを売りつけてきたんだ。僕は実験してもいいと思った。実験なら影響はないだろうと、自分に言い聞かせたんだ。実験では済まなかったよ。逃れられない現実だった。ある日、僕は教えに行く意味が見出せなくなった。あんな餓鬼たちに僕が何を教えられるというんだ、人生について何一つ分かっていない餓鬼どもに。寝袋を一つ買ったよ。それこそ僕が必要としている唯一のものだった。そして、この木の下に住みつくことにしたんだ。トロイの女王の真向かいにね……さあてと、そろそろ寝ることにするか」

男はベンチの上に体を丸くした。男は私に芭蕉のことを考えさせる。樹木の下で生活してみる。人生を変えてみる、か。そんなことが、私にできるだろうか。しばらく男を眺めてから、私は紅鮭に再び取りかかる決心をする。あの太った魚屋なら危険はまったくない。通りの角にある商業センターに店をちゃんと構えているし。

まもなく夜の帳が下りようとしている。公園の動物相が様変わりする頃合いだ。ホテル学校の女の子たちが家路につき、代わりに若い娼婦たちがお出ましになる。その内の大部分は、同じホテル学校の元生徒だが。この大きな建物の唯一の利点は、地下に地下鉄の駅があることだ。スーブラキアを食う者たちもまた、コカインの売人にとって替わられるだろう。ビジネス街からやって来る車が減速して、小さな公園のまわりを警官に監視されながら数回廻る。客一人について一パーセント、手数料を受け取ることになっているのだ。念のために言っておくが、車一台につきではないよ。それは昔のことだ。

テレビの前で食べるスパゲッティ

背後で階段を駆け上る足音が聞こえる。私はすぐに鍵を探りあてた。

「あんたのプラトンは来たかい」

「プラトンって？」

やつの顔が曇る。

「わしの家賃だよ」

「ああ、もうすぐ届きますよ」

「今日、支払ってほしいんだ！」

「でも、ゾルバさん」

「わしはゾルバじゃない」

こんな剣幕の彼は初めてだ。

「まだ時間があるじゃありませんか」

私がそう言う度に、やつは癇癪玉を破裂させる。

「一晩中、あんたを追い回す暇はないんだ」

「お支払いしますよ……いつものように」

「冗談じゃない。毎週きちんと払ってもらっていないぞ」

ちょろまかされるなんてことは絶対にありえないような男だな。私は、半日支払いを遅らせるくらいが精一杯だ。一度、私が友達とニューヨークに行ったので、彼が家賃を受け取ったのが三日後になったことがある。あの時の顔つきといったら。今晩は、歯ぎしりするように、田舎者らしい悪態をぶつくさ言いながら降りていった。私はようやくドアを開けると、家賃の金をテーブルの上に置いてから、服を脱いでベッドのシーツの中に身を滑らせた。しばらく眠って彼が戻ってくるのを待つ時間くらいはありそうだな。めったにないことだが、玉葱とグリーンピースを入れ、にんにくで味つけしたスパゲッティを作ってから、それを食べながらテレビで『刑事コロンボ』を見る余裕があったこともある。安ワインのボトルがテーブルの下に転がっているのを見つけて、グラス一杯分だけ飲めた。古代ローマの美食家ルキュルスになった気分だ。受像機の左側に座って、体がアンテナになるようにする。このテレビとも古い仲になる。まあ、テレビと呼べる代物じゃないが。ぼやけた像が映るだけだ。でも、音はまだちゃんとしていてね。メトロポリタン・オーケストラのコンサートにはうってつけのテレビだ。まあ、好きならばの話で、私は大嫌いだ。ときどき聴くことはある。奇跡を期待してね。たいていは灰色の画面が広がって、私の方を横目でにらんでいるだけだ。斜視の目つきをしたテレビ。ゾルバは金さえもらえれば、後は知ったことじゃないという顔をしている。嫌味の一つでも言うために、テレビくらい換えてほしいと言ってやるのだが、その度に、やつはフランス語が分からないふりをする。頭の中に発信機だけを備えつけていて、受信機はないのだ。

警棒

ドアを叩く音。十一時。あいつに金を渡すのは十二時十分前だ。それよりは一秒たりと早くは渡さない。十分はチップだ。それにしてもしつこいな。私がいるのをあいつは知っているのだ。まあいいか。開けてやろう。警官が二人いた。靴をぬぐいもしないで入ってくる。部屋の捜索を始める。自分たちが誰かさえ言わない（見れば分かるが）。何の用なのかくらい言ってもいいだろう。それは、彼らの協力なしには分かりようがない。まあ、警察が相手じゃ、黙って待っていた方がよさそうだ。そうすることにする。座ってみる。下にいる管理人は気が気でないだろう。移民はだれでもそうなのだが、警官が大嫌いときている。ただ、こんな騒動の中で金を払ってもらえるかどうか気をもんでいるにちがいない。警察は、無遠慮に人の家の中を歩き回る。これでも納税者なんだが。所かまわず物色している。引き出しという引き出しを開け、女物の下着が出てくると、無礼なまねをする。それから窓際に行って、ぼそぼそ話し込んでいる。私は、我関せずという顔で待つ。いずれ私に話しかけてくるはずだ。ほら、二人が私の前に来て立ちはだかった。警官が二人に黒人が一人、それもモントリオールの悪所にある薄汚い部屋にいるのだ。それだけで悪い予感がする。年上の方が私に近寄ってきた。膝が私の腿に触れんばかりになる。くそったれという気持ちになる。

「取り調べだ」と、年上の警官。

「あの女のヒモなんだろ。女が金を持ってきたんだろう。そこで二人でコカインをやった。そのうち、女が我慢ならないことをする。まあよくあるパターンだ……俺が理解できないのは、なんで女を窓から放り出したのか、ということだ。階段から女を引きずり出せばいいだろうが。階段でもみ合ったくらいでは、俺はこんな所に来ない。薬が効きすぎて、頭が朦朧としていたということか」

私は答えない。やつは年若い警官の方を向く。若い方は、非の打ち所のない説明にすっかり感心して見ていた。

「三十年の経験があるからな。……さ、しょっぴいていけよ。俺には他にも仕事があるんだ」

私は椅子から動かない。あわてるのは早いのだ。テレビで『刑事コロンボ』を見すぎている私の沽券に関わるではないか。若い方の警官（今日から勤務しているのでないとしたら、昨日からだろう）が私の方に寄ってくる。私に手錠をかけようとする。先日の事件のために来ているのだとしたら、日が経ち過ぎている。このアパートで殺人があったという嫌疑がかけられていたら、もうこの辺りは包囲されているはずだ。だから、こんな間抜けが二人（若いのと年取ったのが）ここに送られてくるはずがないのだ。来るのは軍隊だろう。二人は、コカインがないか調べに来ただけだ。私がしなければならない唯一のことは、じっとしていることだ。何も言わないこと。なにもしないことだ。ただ、これが現実の中で起こっているのかどうも確信できない。ポール・ヴェーヌが言っているではないか。「真実自体が想像の産物だった」と。彼によれば、想像的なものが現実になりえるということだった。だから、私が酔っぱらって、女をここに引き入れ、そして女が窓から飛び下りたということだって起りうるのだ。それから私は眠ってしまったのだ。翌日になって、私の頭の中に昇ってきた切れ切れの映像でもって物語を飾り立ててしまったのだ。それにしても、私が〈カフェ・サラエヴォ〉にミドリに会いに行ったことは認めるしかないだろう。気分が悪くなって、〈キッシング・プロダクション〉のショウが終わると外に出たのだ。歩いて帰らなかった。歩いていれば気分も静まっていただろうが、私は地下鉄に乗った。中に閉じ込められたのがよくなかった。芭蕉を読みながら、正面に座っていたあの中国女ばかり見ていた。電車から降りる時に気を失ったので、倒れないようにと、彼女が機転をきかせて抱えてくれたのかもしれない。私は、警察のせいで、ありもしない別の物語を編み出しているのだろうか。彼女はここまで私を送ってくれたのだろうか。記憶の空白。

どういうことなのだろう。気分が悪くなった翌日、管理人の新聞をちょろまかしたら、そこに、歩道に倒れている若い娘の写真を見たのだ。私のアパートの窓の真下で。第一面だった。ニュースになるような死に係わってしまったことはショックだった。死は、誰にも理解されないスターだ。死はサングラスをかけて、人目につかないようにする。死は人目を引かないではおかない。無名の者でも死ねば、一瞬にして有名人になれるのだ。彼女が家の窓から落ちたと、私はあわてて思い込んだのかもしれない。アパートの丁度真下に倒れていたからだ。私は、どこにでも殺人者の影を見てしまう警官と同じ程度の頭しかないらしい。殺人がある度に、彼らは十五人の容疑者を見つける。だが、真犯人を当てた試しがない。ゆっくり考えている暇はない。まずなによりも、私はフィクションの中にいるのではないのだ。とするなら、誰の死が問題になっているのだろう。うつくしきエレナを窓から突き落としたのはゾルバかもしれないではないか。アガメムノンは自分の娘を犠牲に供したのだ。こんな議論を、木曜の夜に、二人の警官と試みるのはあまり感心したことではない。

若い警官が早くも私を横に押して手錠をかけようとしている。

「いやまず、俺が言った通りだとこいつが同意しないといけないな」と年をとった警官。

「何か言うことはあるか、おまえ」

少し後ずさりしながら、彼が言う。彼の口調が急に慣れ親しくなった。これは何かの兆候だ。

若い警官の目を見ると、彼もそれに気がついたようだ。彼も、この芝居がどんな顛末になるのか知らないらしい。

「すでに警察の方にお話ししましたが」

「俺たちをいったい誰だと思っているのだ」と、私に向き直って、ゲップでもするように言う。

彼が警棒を私の腿につけて回しだした。セックス・モードに転換したのだ。一番危険なモードだ。ちょっとした身動きが挑発と受け取られかねない。

「事故があった晩に来た二人の別の警官のことを言っているのです」

「おい、あわてるんじゃないぞ……事故かどうかを決めるのは俺だ。俺が考えるところ、殺人だ。その嫌疑がある」

「イヤリングと手紙を持っていきましたよ……」

「手紙ってなんの手紙ですか」と、つい若い方が訊いてしまう。調書の内容を知らないのだ。

「彼女が両親に宛てて書いた手紙ですよ」

「おまえは、カナダ王立憲兵隊の憲兵が娼婦のアクセサリーを盗んだと言いたいのか」と、彼はどなりながら、警棒を強く押しつけてきた。今度は私のペニスの上だ。

警棒は、彼の手の延長だ。若い警官はそれに気がついて、たちまち顔が赤くなった。

「みんな小さな袋に入れてましたよ」と、私は、性的な愛撫にかまわず、言葉を続けた。

「手錠をかけろ」と、私を正面から睨みつけながら言う。

私はじっとしている。また、若い方が私の体を押してきた。いよいよというときになって、年上の方が、動きを止めさせる。下手な田舎芝居もいいところだ。そして、私は、そんなことお構いなしに古き日本のどこかをさまよっているのだ。私には、目の前で繰り広げられているサーカスなどどうでもいいという気持ちだ。

「さあ、どこにコカインを隠したのか言ってみろ」

「コカインはやりません」

彼はまたもや私のすぐ近くに迫ってくる。警棒を使おうとする。それしか頭にないらしい。

「コカインを売っているんだろ」

「いや、売ることもしていません」

少し早く答えすぎたのは失敗だった。対話モードになっている。速度をすぐさま落とさなくてはならない。彼の方は、更に近寄ってくる。若い警官がまた当惑した顔をする。きっと何年か経てば、新米の彼も、警棒でニグロのセックスを弄ぶ芸の達人になっていることだろう。そして、最初に受けたレッスンを懐かしく思い出すだろう。

「おまえがコカインを売ってると近所の人たちが訴えているんだ（早口になってきた）」

私は返事をしない。彼は足を使って、私の股を開かせる。近すぎて、私に見えるのは彼の腹だけだ（年の割りには引き締まっている）。それから、目の端には若い方が見える。やり方に憤慨するどころか、むしろ面白がっているようだ。

「どこに隠したんだ」

間があく。この間《ま》をうまくリズムに乗せなくてはならない。尋問は、独特のテンポをもっている。早すぎては対決ムードになるし、遅すぎると不作法になる。私は目立たないように右足で拍を数える。そのせいで、警官の腿に、微かだが、執拗な摩擦を与えてしまう。

「ふざけんな」

彼は私の肩を小突いた。若い方は不安な表情を見せる。何の危険な様子もない市民に暴力をふるってはいけないのだ。彼は、無作為でいると、共犯になりかねないと思う。彼の経歴はスタートしたばかりだ。彼は、なにかあったのか、と独りごちる。目に不安げな微笑を浮かべているのが見える。年上はトイレに走った。若い方が追いつこうとしたが、その鼻先でドアを閉める。中にしばらく入ったままだ。水道の蛇口をひねって水が流れる音がする。若い警官は、目で私に尋ねるようにしながら、なにが起こったのか呑みこもうとする。表情を見せない顔。警察に入ったばかりの新米だ。地方から出てきた若者は、えてして、大都市の警官のやり方がどんなものか想像もつかないのだ。地元では、黒人もアラブ人も見たことがない。

「出身はどちらですか」

暫しためらっている。

「ガスペジーです」

「トロワピストレなら行ったことがありますよ」

彼の表情がパッと明るくなる。

「母がトロワピストレの出身です。どうしたんですかね。どうしてあなたを叩いたんですか」

「分かりませんな」

水洗の水の音が聞こえる。彼が出てくる。ズボンに大きなシミが出来ている。

「濡れちまったよ」と、恥じ入った口調。

「さあ、行くか……署に書類がたまっているんだ」

やはり、今回の手入れは個人的な思いつきだったのだ。私の書類と住所をたまたま見たんだろう。私を怖がらせに来たのだ。告発するほど馬鹿ではないだろうと高をくくったのだろうが、お生憎様だ。

ミモザの時間

自分の時間を所有している者がいる――「自分のペースでやるさ」。他の者たちは時間に所有されている――「時間がなくてね」。自殺を図る者の「毀損した時間」もあるだろう。三島は、自分が所有権をもっているはずの時間を満喫することを拒絶する。自己保存の本能に身を委ねることを潔しとしないのだ。世渡りがうまい者たちの自己保存本能ほど彼を脅かすものはない。モダニズムのポール・モランは時間よりも先に行こうとした。がむしゃらに疾駆する。欲望がコンパスになっている。何かを望めば望むほど、時間が短く感じられるのだ。もっとも、昨日会った女からの電話を待ち受けている時は別だが。東京では、一度も私は足を踏み入れたことがないが、時間を綺麗な箱に入れて保存しているらしい。三日の時間がほしいと言えば売ってくれるのだ。お金を払えばいいのか？　いや、時間は時間でしか買えない。曇り空の三日間を売ってほしいのなら、晴れた日を二日、寂しい晩を一夜払えばいいのだ。でなければ、単純に一時間に対して、フレッシュなキスを一回分払えばいい。日本の時間を雨に濡れたおじぎ草《ミモザ》でもって買えないかな。芭蕉は、時間から外れた脇道を歩いているように見える。

ミス・天気予報

私はテレビをつけた。単に音を大きくしただけだ。テレビを消した試しがないからね。この国に着いた時、空港で出会った移民の老いたハンガリー人が、忠告してくれたのだ――「北アメリカのここじゃ、テレビはつけっぱなしなんだ」。最近は、私もそうしている。特に見るというわけじゃないが、なんでも見ておきたいんだ。ケーブルテレビのチャンネルを回して遊んでいると、ミス・天気予報になったミドリに出くわした。私が絶対に見ない地方局のチャンネルだ。顔見知りは一人もいない。テレビを見るのは、他のチャンネルで出会った人にまた会ってみるためなのだ。ヴァーチャルな人づきあい。それだけ孤独を感じないですむ。ごった返しているのはしょうがない。入ったり出たりする。人気者になろうとしている新顔がいるかと思えば、食事の時間になると出てきて、消えてしまう顔もある。あまり見ない余所のチャンネルの番組に移ったのだ。チャンネルを回していると出会うことがあるが、こんな落ちぶれたところにいたのかと驚くものだ。早くも疲れた様子の者もいる。無残なものだ。ちょっと知性を疑われる失敗をすると、もう品のないチャンネルに移り、悪趣味な彩りのネクタイをした地方の人気者たちと一緒にやるしかない。火吹き男たちの大道芸人グループに入ってしまうよりはましだろうが。女を叩いて喜んだり、ケルヒャー高圧洗浄器で街路を清掃したがるような者たちだからな。人気者だった者も、テレビ界での転落は底無しだと思い知る時がある。

「最近、あまりお見かけしませんね」

「ここにちゃんといるじゃないですか」と、番組を下ろされたテレビ司会者が答える。テレビ的笑顔を巧みに浮かべている。

「いつもあなたが出るのを楽しみにしていましたよ。次の番組を準備していらっしゃるのですか」

テレビの仕事を辞めたわけではないので、そんな質問に内心驚く。一瞬、上司とのいさかいを、この見知らぬ男に話すだけの労をとるかどうか迷う。ここ数年、彼は裁判にかかわっていたのだ。

「すみません。ちょっと買い物があるものですから……」

「大変ですね……今のテレビにはあなたのような人がいませんよ。ほんとに残念です」

「いやあ、どうも……」

彼は映像が消えた画面の乳白色の風景の中に姿を消す。不意に袖をつかまれる。まるでコメディー・ミュージカルだ。

「ちょっとすみません。ええと、お名前はなんとおっしゃいましたっけ。いや、妻に言おうと思いまして。名前を言わないと、会ったことを信じてくれませんから」

名前をなすには何年もかかる。だが、もう忘れられているのだ。テレビ上の死。すべてが、視聴者の気まぐれにかかっている。批評にしても、受賞にしても、ほめ言葉にしても、そんなものはあてにならない。結局、唯一価値のあることは、自分の名前がけなされなくなることだ。レオのような分かりやすい名前でもいい。名前を人々に覚えてもらうには何年もかかる。そのためには、他のレオの記憶を捨ててもらわなくてはならない。時には、近い親戚にもレオがいることもある。いまやレオとは彼のことであり、彼しかいないのだ。

テレビ局はやたらに増えた。第二次世界大戦の出来事しか語らない局もある。何かと言えばヒトラーが出てくるので、私はナチステレビと呼んでいる。天気予報だけの局もある。明日のお天気は？　面白くもない。私は、なんでも区別なく見ている。それに、テレビを評価する人はいない。観るだけだ。壁を見るのとたいして変わりない。テレビを辞める人もいない。挫折した者がどんどん溜まっていく。テレビ局が二つしかなかった時のように完全に姿を消すなんてことはない。今日では、奈落の淵に落ちる前に、衝撃を弱める緩衝階がいくつかある。緩やかな転落。AからZまで揃っている。転落がはじまるのは、Fからだ。Lへのしたたかな落下。Qまでは、それでも我慢できる。その後となると、整形手術のメスを受け入れるのもたじろいではいけないような、人格で支払わなければならないテレビ局になる。そこまで待たないで手術するテレビ司会者もいないではない。視聴率を三ポイント上げるためなら、何でもするのだ、そこまで落ちぶれればUVWの段階だ。Zとなると、これはもうゾンビだ。黒服に身を固めた人たちで、声さえ滅多に聞かなくなる。ここまで来たら、水面まで再上昇するチャンスは皆無だ。どうしても落下を続けたいというなら、第三世界しか残っていない。それはともかく、色鮮やかな着物を着て、簪を差したミドリの姿は画面に映える。変装しているのだ。普段はジーンズとTシャツなんだから。こんな具合に日本風に変装すると、ミドリらしくない。日本風のミドリは、もはやミドリではない。どっちにしろ、ミドリが見たいのではないのだ。彼らが欲しいのは、ゲイシャだ。ミドリは金が必要なのだろうな。それとも、マネージャーがカメラに慣れさせるための研修として送ったのかな。彼女は、次の木曜日までの気温を報じている。私としては、年の終わりまで彼女の声を聴いていたいものだ。彼女の予報が外れたら(ブルー・ボネ競馬場のレース予想だと思えばいいのだ)、今度の木曜が晴れだったら? 明日になれば、彼女は金曜までの気温を知らせるだろう。日一日と、前の日の記憶を消していくのだ。天気予報をジャーナリズムと見なす人はいない。天気はその真偽を問いはしないのだ。確認するだけだ。したがって、真理と虚偽の観念がここに介入することはない。魔術や迷信、あるいはペテンに近い。しかしながら、天気予報は、星占いよりはまだ好意的に受けとられている。田舎者は、木曜の夜になると、町中のカフェで二つとも使って、女の子に話しかける。会話の燃料なのだ。おや、ミドリが初めてカメラの前で微笑んでいる。彼女の悪いところは微笑まないことだ。じきに視聴者が抗議しはじめるだろうな。テレビの天気予報を見るのはまさにそのためだよ。でなかったら、ラジオで充分。テレビでは、明日の天気がどうであろうとも微笑んでくれる人がほしい。未来は輝かしくなくちゃ。編集局に私から手紙を書いた方がよさそうだ、ミドリの風変わりな服装をどうのこうの言う、悪意に満ちた投書をせき止めないと。微笑まないミス・天気予報なんて初めてだとか。長い強烈な寒気の国では、天気予報でめったなことはしてはいけないのだ。気温を告げることは、医者が患者の体温を計るのに似ている。ミドリにしろ誰にしろ、日本女性に変装した人は狙われがちだ（外国人のアイデンティティの問題は、民族芸能以上の存在であってはならないことだ）。ミドリの微笑の不在は、品のよい微笑の、うまいやり方なのだ、とか言ってもよい。テレビに手紙を書かなくては。寝た方がよさそうだ。

私はテレビを消しに行く。さっきの男が、まだそこにいるではないか。微笑をはりつけ、ゆるい帽子を被って。

「レオですよ」

「ふむ」
「私の名前を訊いていましたよね」

ムッシュー・タニザキの悩み

決裂に終わった会合以来、外に足を踏み出す度に、ムッシュー・タニザキとすれ違う。魚屋はもちろんだが、パン屋でも、ワインを買いに行った時でも。通り道に待ち受けていて、私を見ると会うのを避けるような素振りをするのだ。まるでつけ回しているのは私の方だと言わんばかりだ。手で控えめな合図を送ってくることもある。まるで顔の上にピンで留めたかのようにわざとらしい、あの微笑みをいつも浮かべて。私は、ポランスキーの映画『ローズマリーの赤ちゃん』ではないが、幻想が現実になってしまった世界にいるような気分になる。買い物から帰ってくると、郵便受けの中にアンダーグラウンドの日本の雑誌が詰め込まれていたりする。夜は、テレビ（ケーブルの日本のテレビチャンネル）を見る。あるいは、夕食を食べる――二つを同時にすることもあれば、どちらもしないこともある。私は天井をじっと見る。本を読むこともある。いつも同じ本だ。本を開くのは、芭蕉の俳句の中に戻るためなのだ。そこになら住んでみたいと思う。芭蕉の詩句の中に。電話の音にビクリとさせられる——いつも同じ時刻だ、それに気づくにはしばらくかかったが。で、受話器をとると、日本人の声が聞こえる。とても若い人の声だ。背後にキンキンする音楽が鳴っている。ロック、それもヘビーメタルのときもある。電話をかけてくるのは、なんとか聞き分けられる音楽と騒音の様子からして、今はやりのクラブからだ。私が話しかけると、たちまち英語で謝ってから電話が切られる。時には私は一分以上、一言も声を出さないでいることがある。私は音楽を聴く。会話が聞こえてくる——いつでも日本語だ。直接、私に向かって話しかけられることはない。

この間、昼頃、注文したわけでもない料理が届いた。で、代金だけでも払おうとすると、勘定はすんでいると、若い日本人の配達人が言う。決まって、私がいままで味わったことのないような料理だ。そんなに難しいことではない。私の日本料理についての知識は皆無に近いのだから。私が知っていることといったら、想像もつかないほどの量の魚を消費するっていうことぐらいだ。実を言えば、私は、日本についてよく言われることを鸚鵡返しに言っているにすぎない。調べてみようなんていう気はさらさらない。私は完璧な谺《こだま》なのだ。私の耳はなんでも拾い集める。私の目はなんでも把捉する。そして私の口はなんでも呑み込むのだ。それにもかかわらず、ここ数週間来、ほとんど毎日のように、魚を使わない料理が私のところに配達されたのだ。

いても立ってもいられない気持ちになった。私は服を着るやムッシュー・タニザキを求めて商業センターに飛び出す。案の定、ワインの品選びをしているではないか。

「いったい何のつもりですか。どういうことなんですか。私にどうしろと言うのです」

彼は、しろどもどろに、なんとも奇妙にまぜこぜになった言葉のカクテルをつくった（半分フランス語で、四分の一が英語、四分の一が日本語に、レモンのかけらを添えた氷塊が入ったカクテル）。

「あの……、その……なにがおっしゃりたいのか分かりかねます」

ようやく言葉らしい言葉が出てきた。

「ハラスメントは止めていただきたいのです」

彼の顔色が三色に変化した（黄色、緑、赤。鸚鵡だ）。

「なんなん、なんのことやら」

「不法行為だっていうことですよ」

この言葉に、彼は失神しかねんばかりだった。

「私はハラスメントを受けていますよ」

彼の狼狽にはかまわずに、私はまくしたてる。

「たえず監視されているような気分ですよ。通りで出会う人といったら、いつもあなたじゃあないですか」

「わたしですって！」

あっけにとられた顔。

「ええ、そうですよ。ムッシュー・タニザキ」

ムッシュー・タニザキは冷や汗を垂らし始めた。

「お、お、お茶でもいかがですか、その辺で」

しどろもどろになりながら、すぐ側の小さなレストランを指さした。

私たちはそこに座りに行った。彼はコーヒー、私はティー。ムッシュー・タニザキには息つく暇もあたえない。

「それで？」

「どうかお願いですから……いや、どうお話しすればよいのやら」

お互いに見つめ合った。終わりなき眼差し。今度は私は引かなかった。彼が顔を伏せる。

「わたしはね、東京の近郊の高校で、国語の教師をやっていたんですが……義理の兄が公務員でして、官庁で結構力をもっているんです。わたしは、教えるのに飽きてきまして……そこで、彼が、いまの私のポストを見つけてくれたのです。いや、ポストというほどのものではないですが……領事館の仕事ならなんでも引き受ける役です。なにかにつけて、誰かの下役になる仕事です……」

「だから何ですか」

「ですからね、日本について本をお書きになっていると聞きましてね……」

「ちょっと待ってくださいよ。私は、日本についての本など書いておりませんよ……私についての本を書いているのです……日本って、私のことですよ。なんども説明したじゃありませんか。お分かりいただいたとばかり思っていましたよ」

「必ずしも、日本の作家だとお考えになっているわけではないとは、理解いたしているつもりです……しかし、本のタイトルに日本という言葉があるもんですから……」

「どんなタイトルだろうと、私が決めることです」

「いやあ、興味津々のタイトルなものですから……私どもにとって」

「その、私どもって、なんですか」

彼はゆっくり息をついだ。

「実は、東京の教養系の雑誌にちょっと関係していまして……最近、少し尾ひれをつけて、あなたのことを書いているんです。申し訳ありませんが……ご存じの通り、日本人は、アイデンティティの問題に常々関心をもっていまして……」

「でも、古い歴史のある民族ではないですか……」

「いや、どんな民族でも古いのです。そうでなかったら、おかしいのです。民族の自然発生などということはないですよ。そうでなかったら」

「それは分かりましたよ」

長い沈黙。

「敗戦後になって見られる現象なんです。戦争に負けたって言うのは……屈辱ですからね、アメリカ人が公の場で、私どもの天皇を扱ったやり方は……日本民族は誇り高いですからね、ご存じの通り。この自尊心の上に全てが作られていたのです。広島・長崎以来、弱味の上に全てを作り直さなければなりませんでしたが……力への欲求は、そんなにすぐに消えるものではありません……ですから、力があるふりをするのです。もうそんな力はないのに。お分かりですか」

「それはいいですが、そこに私をおいてどうなるんですか……」

再び冷や汗が流れている。私の質問を鸚鵡返しにしてから、答える。

「そこへもってきて、自分は日本作家だと言い切る方が現れたわけです……ええ、承知しております、承知しております。よく説明していただきましたから。私は、それを日本で公にしたわけです。いやもちろん、小さな雑誌ですがね。ところが、結構反響があったのです。日本の様々な事情に特に巻き込まれているわけでもない外国人がね……しかも、日本人が好物の魚が嫌いな外国人ですからね……私は書きましたよ。あなたが寿司が嫌いだとも。みんな、一体どういうことなのだろうと、興味津々なのです。我が国の円も欲しくないし、ゲイシャも要らないってね」

「いや、それについては。あまり勝手なことを代わりに書かれては困ります。円に対して反感なんてまったくありません。ゲイシャ、それはこれから考えてみましょう」

ムッシュー・タニザキは、あっけらかんと笑った。

「あなたは、むしろ我が国のもっとも壊れやすいもの、もっとも内密なものに関心を抱かれているんですよね。それから詩や俳句にも。だから芭蕉についても書かせていただきました」

ムッシュー・タニザキは不意に黙り込み、自分の言葉に酔ったような顔をした。

「……それから、あなたが、その……黒人だということも断っておきました。そうしたら、我が国のあまり感心できない傾向が出てきました」

「どういう意味でしょう」

私は、なんの話かすぐにぴんと来たが、鈍感なふりをした。

「まるで、手ひどい侮辱のようにとったのです……」

「いったい何が侮辱になるんでしょうか。私は黒人であるということになんの侮辱も感じませんが」

ムッシュー・タニザキは、力なく笑った。

「まあ、よろしいでしょう……なかにはね、幸いにしてみんながみんなではないのですが、我が国もずいぶん落ちぶれたと嘆く人もいないではないのです。日本作家をアイデンティティにすることを受け入れてもらうために、黒人のご機嫌をとって金銭を注ぎこまなくてはならないなんて、とね……」

「冗談じゃない。馬鹿げている。第一、なにももらっていませんよ、私は。なんの関係もないんです、日本とは。私の問題なのです」

「ええ、おっしゃる通りです。でも、彼らの言うことも理解してやる必要がありましてね」

「私に報酬を出しているとか、出していないとか言ったのですか。わたしはなんの報酬もいただいておりませんよ」

ムッシュー・タニザキはいつまでも言い訳じみたことを呟いていた。自分が正しいときでさえ、謝ってばかりいるのに……今度は、汗だくになって溺れかかってる始末だ。そこでハラキリでもするのだろうか。バター用ナイフでも使って……。

私のティーが来た。給仕は七十歳近い女だ。一瞬のとまどい。給仕の仕事なんて、学生のアルバイトで十分だ。学費を稼ぐためにする仕事だよ。それが嫌なら、木曜の夜に、ビジネス街の男たちのためにストリップするしかない。

「どうして、手の込んだ細工ばかりするんですか。夜中に電話が来たり、雑誌が届いたり、出前の料理が来たり……みんな、あなたの仕業ですか」

ムッシュー・タニザキはナイフを強く握りしめる。首筋の静脈がふくらんだり、縮んだりしている。

「いや、雑誌のコラムのためにネタが要るんです。そうはいっても、私の書くものが面白いと思ってくれる人たちがいるんですよ。その人たちが知りたいことは、日本に行ったこともないのに日本作家になるには、どういう風にやっているのだろうということです」

「それで、私に回りくどいやり方で、日本文化を少しずつ送ってくれているんですか」

「いや、ステレオタイプの日本とは違うものにも関心をもっていただきたくて。あなたが夢中になるのは、いつでも耳にタコができるほど聞き飽きた古い伝統的日本です。日本というとそれしかないみたいです……西洋の芸術家たちにも、今日の日本に興味を抱いていただきたいのです……ゲイシャや桜もいいですが。いまの若い日本人は、芭蕉になんか興味ありませんからね」

「アメリカが好きなんでしょ。私は、ぜんぜん魅力を感じませんよ」

「何に魅力を感じられますか」

「さあ、なんだろうな」

「お手伝いできたらほんとうに嬉しいのですが」

「そんなことしてもらわなくていいんです……あっ、そうだひとつだけあるかな。教えていただきたいのですが、どこから電話が来るんですか。あの雰囲気が気に入りました。一度、直接行ってみたいものです」

ムッシュー・タニザキは残念そうな顔をする。

「いや、それは無理です。私の読者たちが考え出したゲームなんです。東京のクラブから電話をかけているんです」

「どんなゲームなんですか」

「あなたを一番長く受話口に出させた人が勝ちなんです。そろそろお暇します。ワインを買いにきたんです。領事館で七時からパーティーがあるんです。もしあなたが来てくださるなら、みんな大喜びです……私たちにとって大きな光栄ですから」

ムッシュー・タニザキは、一時、立っているとも座っているともつかぬ格好をした。私が立つのを待っていられないほど急いでいるのだが、先に立ち上がってしまうのは礼儀が許さないのだ。ようやく私が立ち上がった。ムッシュー・タニザキは、いそいそと立ち去った。

アメリカ化／日本化

極彩色の制服を身につけ、派手な化粧をした戦士たちの国。アメリカ人が彼らを制圧したので、戦士たちはアメリカ人になった。我慢ならないアメリカ人を手なずけるための一つのやり方と言えよう。二重の文化。自己の文化と他者の文化。だからこそ、ダブルバーガーの恐るべき成功がある。エルヴィスの物真似がもっともうまいのも彼らだ。鄙びた村で、ジャズの恐るべきアマチュアに出くわす。レイシズムの影もない、「ブギの王様」と呼ばれたジョン・リー・フッカー。愚かな五〇年代とは無縁のボブ・ディラン。鬱病の錠剤を忘れたマリリン・モンロー。日本人は、ラスベガスが世界の記念物を再現するように、世界の有名人を復元する。その場で、コピーを作ってしまう。片っ端からアメリカのガジェットを貪る日本の女の子。早口でまくし立て、単語を壊し、無残な姿に変えてしまう。間延びした時を拒否する時代なので、言葉を切り刻んで、内輪だけで通じる意味不明の言語にしてしまう。彼女は、世界を食べ、世界を話し、壊し、変形してしまう。そうして、敗戦を勝利に変容するつもりなのだ。密かにアメリカの欲望の内奥に入り込み、それを日本人の欲望に変えてしまう。アメリカ人たちは、二度とアメリカ人に戻れないだろう。なぜなら、彼らがすでに日本人であることに気がついていないからだ。だとするなら、日本の作家になりたいという、飽くなき夢を抱く私はどうなるのだろう。私は、そこに何が隠されているのか知りたい。特に、そんなオブセッションがどこからやってくるのかを。

〝自己中〟人間へのズームアップ

受話器の奥から滑らかな声がする。非の打ち所のないフランス語。微かな訛りも、どこから来る訛りなのかまでは聞き分けられない。

「一日ほど、お時間をいただくことになります。それ以上、長引くことはありませんので」

「私の人生の一日なんて……見ず知らずの人にそんな時間をあげられるほど暇ではありませんよ」

「ブラボー！　それ、いける！　感謝感激です。恐れ入りました！」

「私、なにか言ったかな」

「ここ一週間ほど、ずっとタイトルを考えておりまして。われわれのドキュメント番組のタイトルなんです。それを、最初の一言でいただけるとは……私の人生の一日……すばらしいです。残りの部分も副題にいたしましょう。そんな時間をあげられるほど暇ではありません、とか」

「なんの話かな」

「ご都合にあわせるようにさせていただきます……あなたの人生の一日だけで結構ですので。私どもは、ニューヨークをベースにしております。水曜日に到着して、木曜日の一日をご一緒させていただく、というのはいかがでしょうか」

「なにをするのかな」

「あなたについてのドキュメント番組です」

「でも、どうしてまた？」

「えっ？　いまさらそんな。ムッシュー・タニザキから何も聞いていませんか」

一瞬の沈黙。

「まあ、なんとかするか……日程は、こちらにあわせていただかないとね」

「よろしゅうございます」

「金曜日はどうかな」

「結構でございます。ただ、前日に準備する都合もありますが、心配ご無用です」

「そう言われると、かえって心配だな」

「私どもは、とても身軽なチームですから……二人だけです。お宅で面倒は引き起こしませんから」

「自宅での撮影は、お断りだよ」

長い沈黙。

「まあ、なんとかなるでしょう……それでは、屋外、ということで。詳しいことは、また他の者がお電話いたしますので。タイトルをいただけまして、あらためてお礼申し上げます」

「お名前をいただけるかな」

「ダザイと申します」

「小説家の太宰と同じですか」

「ええ、小説家と同じです。母は太宰の知り合いでした。それでは、近いうちに、ご連絡いたします」

私より先に電話を切られた。こんなことは滅多にない。心に留めておこう。それだけでも、あの若い男はなかなかの者だ。非の打ち所のないフランス語もそうだが。誰にでも花をもたせる、ああいう手慣れた男はわるくない。

二日後。か細い声に目を覚まされた。ハツカネズミが私の夢の中に入り込んだのかと思ったほどだ。私は、よく動物に話しかけられる夢をみる。

「ケロと申します……来週金曜日、あなたをズームアップすることになっていまして」

「どなたかな」

「ダザイからお電話、あったかと思いますが」

「なんのことで」

「あの、日本のテレビ局のことです」

「ああ……」

「一瞬、どきりとしましたわ……木曜日に到着いたします。準備の都合がありますので」

「いまどこから電話しているのかな」

「東京からです。放送局があるのは東京ですから。撮影を行うのは、ニューヨークとかベルリンとかアムステルダム、ミラノ。最近はだんだん脱中心化されて、モントリオールとかダカールにも行きます。世界中、どこでも参ります。ファッションショウも取材しますよ。だから、パリはよく行きますの」

世界のどこからだろうとお構いなく電話をかけてきて、立て板に水のように話をする人たちの能力に私はいつも虜になる。私の話し相手といったら、ディドロか、でなければアパートの管理人くらいだ。それはともかく、やつが家賃をまだ請求しに来ないのはどうしてだろう。ちょっとした異変だ。私は上の空だったが、彼女の方はまくしたてていた。

「もしもし、聞いていらっしゃいますか」

どうして私が上の空だって分かるのだろう。上の空になっているかどうか観測する方法があるのだろうか。心ここにあらずというのが、音とか何かで伝わるのだろうか。のべつまくなしにおしゃべりしていても、人がぼんやり夢を見ていると分かるのだ。私は、頭の中で自問自答するのをやめた。孤独な男の性癖なのだ。

「ええ……」

「どうもありがとうございます……ですからね、〈ズームアップ〉で取り上げるのは、ファッションデザイナーの大物とか、有名なシェフだけです。日本人は、新しいものならなんでもすぐに夢中になるんです。創造性が好まれるんですね。目新しいものがないかと、いつも気を配っているんです。なぜかっていえば、無知がばれて、恥をかくのが嫌いなんです。いつでも、時代の波に乗っている顔をしていたいんです。……でも、私の話にうんざりなされているなら、そうおっしゃってくださいね」

「あなたはパリジェンヌみたいにおしゃべりですね」

「フランソワーズ・サガンのおかげです。サガンの博士論文を書きましたから。パリで三年、過ごしたんです。東京の日仏学院でフランス語を学んだんです。それから、ネットで国際フランス語テレビ局ＴＶ５《テーヴェサンク》を観て、今の言葉に通じるようにつとめましたわ。で、先程も申し上げましたが、昨年から、作家、画家、音楽家のシリーズも加えることにしたんです……視聴者は、なんでもよく知っていますからね。情報を常に仕入れているので、なんにでも飛びついて買うような人たちではないんです。単に有名だというだけでは通用しませんから。ごった煮は敬遠されます。良質の製品にならいくらでもお金を払うのです。ですから、なにを取り上げるか、よく気を配らなくてはなりません。もしもし……もしもし……聴いていらっしゃいますか」

「あなたが私の夢の中に入り込んだのか、それともうつつなのかわからなくなってね……あなたの声にうっとりしてしまった」

笑い声。

「いつもそのようでいらっしゃるなら、すてきですわ」

「どうして私を選んだのかな」

「あなたはここで有名になられたんですよ。ご存じありませんでしたか」

「でも、私は東京の人間ですよ」

「私はモントリオールの人間ではありませんわ。でも、話がぴったり合うじゃありませんか。どこそこの人間って、どんな意味がありますの」

彼女はまたもやうまく切り抜けてみせる。

「で、なにが知りたいのかな」

「とくにあなたに一度お目にかかりたいのです……日本でいま話題になっている人がどんな

顔をしているのか、どこの局よりも早く報道したいのです。いい加減なことを言っているわけではありませんわ……ご自宅をお見せいただけないということですから、お好みの場所を教えていただけないでしょうか」

「好みの色では駄目かな」

「私も仕事なんですよ。インタヴューの場所を決めるように言われているんです。場所は大事ですから」

「私の姿が見えないなら、もっと面白いよ……場所だけを見せるといい」

「それは名案ですね。さっそくダザイに伝えておきます。突飛なアイデアにすぐに乗る人ですから。ただ、どう言えばよろしいのでしょう。少しからかっていらっしゃるのじゃないかしら」

「そんなことないよ」

「ムッシュー・タニザキがおっしゃっていましたわ。あなたは、この企画に横やりを入れるためなら、どんなことでもしかねないって……私どもは、みんなで芭蕉を読んで、あなたを理解しようって努めておりますのよ。お会いできる場所ですが、いくつか挙げていただけると、よろしいのですが」

「おなじみの場所ですよ。サンルイ広場という公園。それから、その正面に書店があって、その横に、〈ガットリ〉という、小さなカフェがあるだけだよ」

「どれも、サンドニ通りからあまり遠くありませんよね。私、勘違いしているかしら」

「モントリオールは初めてかな」

「ええ」

「じゃあ、どうして分かるの」

「同僚が教えてくれたんです。あなたの好みの通りだって」

「じゃあ、なにもかも分かっているんじゃないか」

「ごめんなさい、冗談ですわ。本当のことを言いますと、パソコンの前にいまして、あなたのお話を聴きながら調べているのです。インタヴューの詳細については、別の者がお電話することになっております」

「お名前をいただけるかな」

「ケロ」

「ケロさん、そろそろベッドに戻りたいのですが、よろしいかな」

「そう来るだろうと、思っていましたわ」

「それ、どういうこと」

「いつもベッドの上でゴロゴロしていらっしゃると聞いております。眠っていらっしゃる様子を撮影できたら、素敵だわ」

「それは、プライバシーなのでね……」

プツリ。

覚めた眼

たしかに、カメラは、特に日本人の間でめざましい人気を博した。しかしながら、私は長い間、カメラの中にフィルムを入れていないんじゃないかと疑っていた。旅行から戻っても写真を見ることさえないのかもしれない。そもそも、自分が撮った写真と誰か他の人が撮った写真とをどう区別しているのだろう。誰もが同じエッフェル塔の前で、同じ角度から、同じ微笑を浮かべて、もしかしたら服装まで同じにして、同じ写真を撮っているではないか。写真には、カメラを肩から斜めに下げている彼らが写っている。微笑の写真に長けた人々。こうした行動の裏にはなにか隠されているにちがいない。もしかしたら、写真を秘蔵して、後の時代に、二十一世紀初頭における我々の暮らしぶりについて記録を残しておくためなのかもしれない。だとしたら、あまり変わり映えのしない情報ではある。日本人が撮る無数の写真には、微笑している日本人しか写っていないのだから。いつの日か、この山のような写真が発見されたら、当時、地球には日本人しか住んでいなかったと思われるかもしれない。地上には、日本人によって色のつけられていない名所旧跡は一つもない。世界征服と言ってよいだろう。時と時代を超えたまなざしと言おうか。とするなら、日本作家になるためには、私はカメラをすぐにも手に入れなければならないということだ。私は、まだ自分のタイプライターの方を好む。突き詰めれば、同じことなのだ。見るものを片端から描いていく、ということだ。私は、写真家になるつもりはないが、覚めた、客観的なカメラそのものになりたい。そして、他者を見たいものである。それは可能だろうか。

柔らかな肌

予告通り、二日後、ある男から電話がきて、私の記憶を隅々まで探られた。彼はとりわけ私がどこからそんな着想を得たのかを知りたがった。ハルキ（ムラカミというのが、彼の姓だ）は、父親がルイジアナ出身で、彼自身は残念ながら行ったことはないが、東京の米軍基地の黒人兵士だったと打ち明けてくれた。母親は、繁華街にあるスポーツ用品の大店舗に勤めていて、二人はそこで出会ったのだそうだ。父親はバスケットボールが欲しかった。母親は彼の体臭に惹きつけられて、店の中で後をずっとついて行った。黒人の体臭に頭がくらくらしたそうだ。香辛料のような匂いにたまらなくなるのだ。彼の脇の下に首を突っ込んでいると時間を忘れるそうだ。だが、彼の方は嫌がった。乱暴な男ではなかったが、癇癪を起こすことがあった。

「声や眼差しはよく聞くが、体臭というのはあまり聞かないな……ただ、動物にとっては大切なものだ」

「僕は黒人とばかり付き合いました。母がどうしてそんなに惹きつけられたのか知りたかったのです。でも、僕は、柔らかな肌に惹きつけられました……ハツカネズミの肌みたいで、なんとも言えない柔らかさをもった肌があるんです。そんな肌の男に出会ったら、僕はもう前後不覚になります」

「男？　それとも黒人かな」

「他のタイプの男は僕の眼中にありませんからね」

「父親を求めている、ということかな」

「母は、そう言っています。そのせいで同性愛者になったのだろうと信じているのです……でも、僕は自分がどうして同性愛者になったのか理解しているつもりです。ハーレム出身で、精神病質の殺し屋だったのです。赤ちゃんのような肌をした男でした。僕しか知らないことでしたが。僕たちは廃屋に隠れ住んでいましたが、暗がりで彼の肌をいつまでも撫で回したものです。彼は、一味に追われていましたし、警察のお尋ね者でもありました。すっかり疑心暗鬼になっていて、自分の母親と僕にだけ心を許していたのです。僕のことをかわいい妻だと言っていました。怒らないと勃起できませんでした」

「あなたに対して？」

「そうとは限りません……怒ると、狂ったようになって、誰に対する怒りでもいいんですが、僕をなぶるんです。それがたまらなくよかったのです。拳銃で、脳味噌を吹き飛ばしてやると脅かされることもありました。愛してくれるなら、そんなことどうでもよかったのです。あたりまえなことです。彼のことが好きでしたから」

「殺されたらどうするんです」

「殺されたのは彼の方なのです。そのとき、僕はハーレムの友人の家にいました。一週間、彼に会っていなかったので、彼のやさしさが恋しくなっていたときでした。変なものです。暴力そのものといってよい男のことで、僕が思い出すのは、彼の柔らかな肌のことだけなのです。そんなに柔らかい肌をしていたら、性格も優しいのです。いろいろ面倒なことはありましたが……（ため息）あの晩、銃声が聞こえました。ハーレムの音楽なのです。生活の一部になっていますから。今は違うそうですが……。僕にはすぐに分かりました。友人に言ったのです。あれは、マルコムに撃ち込まれた弾だって。友人は僕をどやしつけました。ハーレムの夜で、誰が殺されたのか分かるようになったら、それは頭がおかしくなっている証拠だって。僕は精神科医のところにいかなくちゃならないのでしょう。僕は泣きだして、彼の家を出て行きました。彼がどこにいるか分かりました。そこに行くと、彼が血溜まりの中にいました。マルコムは、犬のように死んでいました。僕は彼の体を洗ってやって、父親を呼びました。父親が来るまで隠れて待っていて、着いたのを見ると、その場を離れました。僕は、何日もの間、夜も昼もハーレムをさまよいました。誰かに殺してもらいたかったのです。できることはなんでもしましたが、死は僕を受け入れてくれませんでした……こんなことをついお話ししてしまってすみません」

「私の顔が見えないから話ができるのですよ」

「精神科医にどうしても行けなくて」

「なぜ」

「話は違いますが、僕はウディ・アレンのファンなんです。……みんなが僕を日本語でそう呼びます。よく似ているんです。彼は日本人の体つきをしていますよね。実験してみてください。ウディ・アレンの首を体から外して、かわりに日本人の首を乗せてみて下さい。日本人の映画監督として通用しますよ」

「一つ、質問してもいいですか」

「ええ、なんでも。僕ばかり話してるし」

「あなたの父親は黒人で、母親は日本人ですよね……ところが、あなたは黒人の男にしか惹かれないんですか」

「僕の母と同じやり方ではありません。母は体臭です。僕は、感触なのです。すべてが、指の先に凝縮されているのです。僕の人生は、電気のようなものです。電流が流れなかったら、どうやっても駄目なんです。でも流れたら、僕は自分を見失うんです。暗がりの黒い肌っていうものは、地獄の味がします。黒い肌ほど輝く肌はありません……炎よりも燃え上がるものが世の中にはあるんです」

「でも、自分が黒人だと思ったことは一度もないんですか」

「いや、一度もありません」

「でも、あなたの父親は黒人ですよね」

「エエデモボクハハハデスカラチチデハアリマセンオンナデオトコジャナイデス」

彼は、息をつがず一息でそう言った。短くすすり泣く声が聞こえた。それから、彼はしずかに受話器を下ろした。

カミカゼ

自殺の方法の一つなのだろうか。それとも、戦闘行為なのだろうか。敵を多く殺すのであれば死んでもかまわないとする思い。この、かなり単純といえば単純で、だが、効果的な思想が視界から消え去ってから多少時が経った。それにしても、死との、この距離は心を動揺させるものがある。自死をアナウンスし、かつまたそれを回避しない人間たちがいるのだ。西側では、いつでも逃れるための脱出口がないか探し求めるものである。死の瀬戸際まで匍匐前進する覚悟はあるが、それは間一髪逃れるためなのだ。最後のチャンスを残しておくという思想は、西側の遺伝子に書き込まれ、いまでも残っている。ハリウッドのシナリオ制作者が、ジェームズ・ボンドをありえないような袋小路から脱出させる奇妙なアクロバットを編み出すのも、そのためである。ジェームズ・ボンドは絶対に死なないというわれわれの思い込みがあるからこそ、心の底でかけがえのない存在になっているのだ。ところが、向こうでは、英雄とは、まさに死んでいく者たちなのだ。死への意志。この驚きを味わったのは、十二歳の時に、第二次世界大戦の挿話を貪り読んだ夜のことである。カミカゼは、最後の瞬間に飛行機から飛び下りようとしないのである。ボンドやその亜流たちとは違うのだ。このような死が語られるのは初めてだった。ヴォドゥは別としても。ただ、ヴォドゥでは、死は、たいていセクシャルな様相を見せる。ところが、あそこではヒロイックな死なのだ。純粋な死。近代的な存在とは、殺された者なのだ。そんな役割を誰が引き受けるだろうか。しばらく前から、西洋《オクシデント》と東洋《オリエント》の問題が横たわっている。死をめぐる、二つのヴィジョンの衝突。一方は、死にできるだけ近づこうとするが、だからといって死ぬつもりはない。他方は、爆死に至る直線を盲目的に辿っていく。ただ、彼は一人で爆死するつもりはない。彼の死は、死を招く死なのだ。驚愕の旋風が起こる。ブーム。千切れた肉体。ほら見たことか。死者の体は、西側では神聖なものだ。マリアが優しく、最愛の息子の体を迎えた時よりもはるか以前から、そうだったのだ。体はまず返還を求められ、防腐処理がなされ、芳香で満たされる。それから柩に納められ、地中に埋められる。全ての処理は、体の分解を少しでも遅らせるために取られるのだ。墓地も、それ自体が、保護の下にある。死体の冒瀆は、近親相姦と同じく、大きなタブーである。われわれの頭の中の四分の一は死者で占められている。残りのほとんど全ては、死の観念で占められている。生きるために残された空間はわずかなものである。一瞬の時間。千切れて、見るも無残な肉体。埋葬の儀式さえできない。全てが爆死の瞬間に終わってしまうのだ。心臓発作で死ぬなら、心臓が体の残りを死へと追いやる。爆死は、その瞬間に全てを同時に持ち去る。死の瞬間に、体全体が死ぬのだ。医学の驚くべき進歩によって、脳が死んでも、体の一部は、まだ立派に生きている。脳の電流が切れていなければ、歩いて墓地に行く者がいるかもしれない。

ストックホルムの編集者

ここのところ、よく眠れない。タイプライターの前で無為に座っているのは、いささか辛い。おまけに大洋の反対側には、私に負けず不安に苛まれている人がいるのだ。私の編集者のことだが。彼にしても、私に代わって本を書くわけにはいかないのだ。そうしたい思いが募ることもあるだろうな。それができれば胃潰瘍にならなくてもすむというものだ。彼にできることは待つことだけだ。黒沢の映画で、編集者の役目を見事に描いた作品を観たことがある。戦《いくさ》の間、動いてはいけない『将軍』のことだ。矢が彼の耳をかすめても将軍は沈黙を守り、ぴくりともしない。じっと座しているだけだ。決して動じることがない。こうして、彼は、力の横溢する不動性の中で、書くという戦《いくさ》の趨勢を意のままにする。私は、編集者が姿を見せないと却って彼のことが気になってしまう。

「もしもし」

「編集の者ですが」

「ああ、ちょうど連絡しようかと思っていたよ」

「いまストックホルムにいましてね、アンデルセンのシンポジウムに出席しているんですよ」

「アンデルセンってデンマーク人だよね」

「デンマーク人はアンデルセンが大嫌いですからね。なにしろ、いたいけな少女が寒さで凍え死ぬのを平気で放っておくような人非人に、デンマーク人を仕立てあげたんですから。どうしてか、こんなことに首を突っ込んでしまいましてね。子どもの頃だってアンデルセンは嫌いだったのに。人生の中で私が見た最悪の悪夢は、『マッチ売りの少女』を読んだ後に見た夢です。私が、今こんな職業に身をやつすようになったのも、あの嫌な物語のせいですよ。あの物語のお蔭で、人生を台無しにしてしまった。命をかけてもいいですが、あれは、少女の運命に同情した人が書いたものではないね。嗜虐趣味の男、背徳の人間、人でなし、病人が書いたんですよ」。

「それはそうだろうが」

私はなんとか彼をせき止める。

「あまりむきにならない方が身のためだよ。単なるシンポジウムでしょ……ホテルの部屋でいらいらしてもはじまらんよ。どこかで一杯やってきたら」

「このホテルにはバーもないんですよ。一時間ほど前に部屋に戻ったところでしてね。もうへとへと。変な女が、アンデルセンのことで、これでもかと、ご託を並べるものだから」

「逃げようとしても無理だよ。ホテルにアンデルセンの専門家がうようよしているだろうし」

「まったくどうしようもないですよ！……だからフロントに電話したんです。バーは何階かと訊いたら、バーはありませんと言われたのにはまいった。どうしてって訊いたら、部屋の中で飲んでください、だって。ひどいもんだ。部屋で飲めるからバーは要りませんだなんて。それじゃアルコール中毒扱いじゃないですか。しばらくやり合いましたよ。でも、やけになって服を着たままベッドにもぐり込んでしまいました」

あんなに息巻く彼を見るのはめったにない。アンデルセンに加えて、バーの奥に座ってグラスを傾けることができないんじゃ、さすがの彼もむしゃくしゃするだろう。人それぞれ生活習慣というものがあるからね。どうしてまた、そんなところに行ったのかな。そんなにアンデルセンが嫌いなら何も無理することないだろうが。ただで飲めるし、面倒なしに女を引っかけられるということだろうか。

「近くにバーくらいあるよ。……北の人たちは飲兵衛だし」

「最後の一杯はね、やはりホテルで飲むものですよ」

彼は吐き捨てるように言った。

「たしかにね」

「で、半時間くらい眠ってね。目が覚めたら窓際に行って街を眺めながらタバコを吸いましたよ。そうでもしなかったらなに一つ見ないで帰ることになるし。そうしてからベッドに原稿を抱えて戻るんですよ。枕を二つ置いてね。そこに背中と頭を乗せるといいですね。こうすると、一晩寝なくても過ごせるのでね。なにがいいって、ホテルの部屋で原稿を読むのは最高ですよ。旅行も悪くないと思うのは、それがあるからなんです。私のためだけに、それらの本が書かれたように思えてきますからね。私の気にいらなかったら、存在することさえ許されない本なのだから」

それにしてもあてつけがましいな。なにからなにまで私に聞かせたいらしい。彼の人生こそ小説なのだ。

「テレビがついていましてね、ひょっと見ると、あなたが大写しになっているじゃないですか」

「え？　どうしてまた？　私はストックホルムのテレビに用はないよ。行ったことすらないんだから」

「それこそ、現代生活というものですよ。行ったこともないところで有名人になっているのです……日本のテレビ局のドキュメンタリー番組でしたね。モントリオールの公園を歩いているあなたが映っていましたよ。あなたの小説の『吾輩は日本作家である』がテーマになっているじゃありませんか。耳を疑いましたよ。最初はぼんやり聴いていましたが、その瞬間、テレビの前に突っ立ってしまいましたよ。いやもう、仰天です……あることないこと考えてしまいますよ。誰かがいたずらして、ホテルのテレビに細工して、からかっているんじゃないかって。バーだってほんとはホテルにちゃんとあって、私に神経戦を挑んでいるんじゃないかって。はっきり言いますけどね、アルコールが問題なのじゃなくて、アルコールがないことが、私の問題なんですよ……どんなに私が追い込まれているかお分かりにならないかもしれませんが。ドキュメンタリーが放映されたんですよ。明日になれば、質問が矢のように私めがけて飛んできますよ。版権を買いたいと申し出る出版社もいるでしょうね。なんと答えればいいんですか」

「もしスウェーデンの出版社に版権を売るなら、一つだけ条件があるな。『吾輩はスウェーデン作家である』とかいうのだけはお断り」

「別にいいじゃありませんか。それは名案だな。翻訳を希望する国には、みんな同じようにしよう。翻訳するなら、それにかぎりますよ」

「それじゃ、まるでカメレオン作家じゃないか」

「でも、いったいどういうことですか？　私はまだ本を受け取ってもいないのに、もう翻訳されているなんて。それも日本語に。出版元は私じゃありませんでしたっけ」

「心配ご無用。まだ本は書いていませんよ。日本のテレビは、まだ書かれてもいない本のドキュメンタリーを制作するほど優秀だっていうこと。われわれよりも常に一歩先にいるんだ。われわれの本は、執筆、刊行、書評、読者不在。手順が多すぎるんだよ」

「原稿を二週間で送ってくださいな。私も日本人に追いつきたいから」

「二週間だって？」

「じゃあ、これから近くのバーで一杯飲んできますから……戻ってきたら、ベッドの上に原稿が置いてあるように願っていますよ。それができるようなら、ノーベル賞がもらえるようになんとかしますよ」

「私も一杯だけ飲めばエンジンがかかるんだがね」

故郷の町の食人種

ドアをノックする音がする。私はベッドから動かない。この遊星上で私の空間はここしかない。私はしがみつく。仰向けに寝て、天井の縞模様を見ている。上に住んでいる男は床に直接小便をしている。私は長い旅に出る心の準備をする。数時間かもしれないし、ひょっとしたら何日もつづくかもしれない。そういう時が私にはある。私の目は大きく見開かれている。物音があれば聞こえている。だが、私はここにいない。この姿勢のまま、超高速の旅に出る。何世紀でもたやすく跨げる。何か化学的な物質を使っているわけではない。月を白い皿に入れて降ろしてみせた男がいて、その男が、時間を旅する方法を教えてくれたのだ。マジックというよりは、テクニカルな問題だ。私は、ロケットでもあり、その乗組員でもある。空間の旅ではなく、時間の旅だ。時間の方が空間よりも広大だ。ドアのノックがまだ続いている。はっきりと聞こえるが、肢体が私に従おうとしない。顔つきも歪んでいるようだ。しばらくじっとしている。すぐに人間の形態を取り戻せそうもないのだ。旅人はようやく帰路についた。私は四つんばいで浴室まで行く。シャワーを浴びると、最後の炎が消え、生命が立ち戻ってくる。高速のために、水分が体からこんなに蒸発していたとは。ノックの音が続いている。今度は、行ってみることにするか。ドアを開けると、ミドリが前に立っていた。彼女が後ずさりする。私は、自分がいまどんな形相をしているのかと思わざるを得ない。

「しつこくてごめんなさいね……中から人の声がたくさん聞こえたのよ……どうしたのかしらと思って。私には分からない言葉で人が話しているのが聞こえたわ……誰かと一緒にいると思ったの。押し殺したような声がするんですもの」

私が話していたとは気がつかなかった。私は一人ではなかったらしい。孤独な旅人のつもりだったのだが。

「まあ、中に入って」

私は、室内に人を引き入れることはめったにない。ミドリは周囲をちらちら眺めてから、私に向かって微笑んだ。

「こんなところに住んでいるんだろうなって思っていたわ」

この部屋には必要最小限のものしかない。ベッドが一台。窓が一つ。小さなテーブルが一つ。その上に私の古いタイプライター、レミントン22が鎮座している。床に本が積み重なっている。

私はミドリに向き直った。またもやミドリだ。私の部屋に負けず劣らず飾り気のないミドリ。カメラを持って、そこにいる。ただ、彼女が同時に他の所にいることも分かっている。彼女がそこにいないということではない。焼けるように濃密にそこにいる。ただ、彼女が同じ力をもって他の場所、多くの人々の生活の中にいることも私は知っている。もしかしたら、いまこの瞬間、マンハッタンにいて、女友達とおしゃべりをしているのかもしれない。でなければ、ベルリンの公園で、犬を連れて走っているのかもしれない。ミドリは、遍在《ユビキタス》の能力をもっている。別に気取って、こんな言い方をしているわけではないのだ。

「ここは暑苦しいわ……窓を開けてくれないかしら」

ノリコが飛び下りてから、窓を開けたことがなかった。ミドリのために開けることにする。光の波が部屋の中に入ってくる。ミドリは、小さな黒いドレスを着て輝いている。彼女なりに喪に服している。写真家というものは、いつも光と親しんでいる。だから、影とも親しんでいるものだ。

「素敵な部屋じゃない」

「ここで、寝て、書いて、読んでいるのさ」

「この間、もう少し居残っていてくれてもよかったのに」と、窓の縁に寄りかかって言う。

「ぐずぐずしているのが嫌いでね」

「タカシが写真を教えてくれたの……写真を少し撮ってもいいかしら」

「かまわないよ」

彼女は部屋を様々なアングルから写真にとる。ようやく終えたときには、少し息を切らしていた。

「質問はしなくてもいいのかな」

「質問なんかしてどうするのよ」

「この部屋で私がどんなことをしているのか訊いてくれないんだね」

「だってそこにいるもの」

なぜ彼女が来ているのかは承知している。ただ、肝心なことは訊かないようにしているのだ。

「ジューロー・カラから電話があったのよ……彼のこと知っている?」

「ミドリ、この街にさえ、私は知り合いがいない人間なんだ」

「カラはここに住んでいないわよ」

「ここだろうと、どこだろうと同じさ」

「あら、そうなの」

「物事ははっきりさせよう。つまらんことで時間を無駄にしたくないからね」

「ジューロー・カラって、すごい本を書いた人よ。『佐川君からの手紙』……聞いたことない？　パリでオランダの女子学生の肉を食べちゃった日本人の話よ。実話なの。本人はまだ東京に暮らしているわ。フランスでは刑務所に入っていたのよ。東京に帰ったときは、英雄のように迎えられたわ。私、あんな国で暮らしたくないの。嫌な国よ」

「日本人は、食文化でもかなり大胆なんだね。リスクをとることを厭わない人たちだということだ。斬新なことを試みたので、それが評価されたんじゃないかな」

「私は、カラさんと仕事をしたいと前々から思っていたの。少し前になるけど、私のところに電話をかけてきたの。私、ドキドキしてしまったわ。それから二カ月間、音沙汰なしだったの。昨日、彼の代理の人から電話があってね、あなたのことを知っているかと訊かれたの。はいと言ったわ。カラさんが、私にあなたの家に行ってあなたの写真を撮ってきてほしいんですって。どんな写真って訊いたんだけど。カラさんは、そういう指示は絶対に出さないんですって。でも、写真は緊急に必要なんですって。なにに使うのか、私、知らないわ」

「君が欲しいんだよ」

「私を？」

「いや、性的な意味で欲しいというわけではないかもしれないが、それ以上のことだよ。文学だって同じさ。出版社は、個別の作品がほしいわけではなく、作家が欲しいんだ」

「私ね、自分の写真を使って本を作りたいの。あなたが文を書いてくれないかしら」

「ミドリの世界をあまり知らないからね」

「そんなことないわよ。よく知っているくせに……タカシが言っていたわよ。カメラがなくても写真がとれる人だって。頭の中にシャッターがあるんでしょ。タカシがそう言っているということは、すごいほめ言葉よ。私も、あなたが写真とっているの、見たわ。あなたの観察の仕方、気に入っているの。アパートに来たでしょ。女の子たちを見ていたじゃない。パーティーにも来たし、私の取り巻きをよく知っているじゃない……」

「自分以外の人生は書かないようにしているんだ」

「写真を見て、好きなことを書けばいいのよ」

「動かないものを見るのは好きじゃないんだ」

「私はまさにそれが好きなの。見るのが嫌いな人の眼差しって。またあとで、話しましょ」

ミドリはしばらく部屋の中を闊歩してから、浴室に閉じこもった。コカイン。まもなく、いかれたようになって出てきて、私に言葉を浴びせかけるのだろう。彼女のところでパーティーがあった日に、そんな彼女を見たことがあった。浴室から出てきた。目が輝き、鼻腔がふくらんでいる。まるでセックスをした後のようだ。

「おしゃべりしながら、写真を少し撮ってもいいかしら」

ミドリは、オブジェか昆虫でも前にしているように私をカメラに収めていく。

「私、すぐに電話したのよ。東京の演劇事情に詳しい女友達がいるから。私のことならなんでも知っているわ。私の馬鹿な考えだって知っているの。バンクーバーで知り合ったのよ。そしたらそのあと、ニューヨークでまた会ったのよ。私、コロンビア大学で演劇の勉強をしていたの。彼女は演劇評論家よ。その時ね、仲良しになったのは。カラさんはね、モントリオールの黒人が日本作家を気取っているっていう噂に興味津々らしいわよ。彼女、そう言ってた。ある雑誌の連載記事を毎号読んでいるんですって。あなたのことを、間違っていたらごめんなさい、カフカの主人公に比べているらしいんだけれど、ほら、朝起きたら変身していた男の話があるでしょ、あれよ。わたし、まさかそんなことになっているなんてぜんぜん知らなかったのよ……えっ？と思ってしまって。彼女に言ったの。その人、私のところで暮らしていたことがあるって。でも、そんなことぜんぜん知らなかったって。わたしって、馬鹿な女に見えたでしょうね。どうして言ってくれなかったのよ」

「あのね、ミドリ。教えてあげなくちゃならないことなんて、なにもないんだよ……みんな誤解なんだ。私はただ、本を書くと言っただけだよ。そしたら、タイトルを教えてほしいと言うから、教えただけなんだ」

「どんなタイトルなの？」

「『吾輩は日本作家である』。でもタイトルだけだよ」

「なに、それっ！　やばいわよ、それっ。いまね、向こうじゃ、アイデンティティについて議論がすごく盛り上がっているのよ。そこへ、あなたが澄まし顔で、そんな本をもって現れたら、そりゃただじゃ済まないわよ」

「本はないんだって。さっきからそう言ってるだろ」

「ま、落ち着きなさいよ……むこうじゃね、まさにそれが問題になっているのよ……アイデンティティ問題で侃々諤々になるの」

「アイデンティティなんて、そんなもの、くそくらえだ」

「そんなこと言って、そんなタイトルの本を書くんだから……もう、あなたってほんとに困った人ね……いったいどういうつもりなのよ？」

「まさにそんな穴ぐらから出るためにやっているんじゃないか。国境なんて、そんなものないってね。文化ナショナリズムにはうんざりだ。私が日本作家になるのを止められるやつなんかいるものか。誰一人」

「まさにそこね、大変なことになるわよ。東京ではね、あなたの本の出版を差し止められると言っている弁護士がいるらしいわよ」

「ミドリ、こっちを見て。私の目を見て。本は存在していないんだ」

「私はね、日本でどんなことが言われているのか教えてあげているだけよ。あなたなんて、モントリオールで自分のことしか考えていないのよ。好き勝手なことばかり言っていい気なもんよ。私はね、稼がなくちゃならないの。写真を撮る仕事が入ったの。あとはどうなろうと知ったこっちゃないわ。もしかしたら、映画関係のなにかをするかもしれないけれど……歌ってもいいわ。アメリカ人や、フランス人の女性だって、日本で名前を売るのはそんなに難しくないのよね。でも、外国で暮らす日本人の女なんて、相手にされないのよ」

「そうだろうな。でも、日本で暮らすつもりはないって言ったばかりじゃないか」

「でも、カラさんが私に電話してくるのなら、話は別よ。単発の企画だって別よ。最新の情報によれば、女友達が教えてくれたんだけど、その弁護士はテレビに出て、〝日本〟という言葉は、日本国家のもので、法的な資格のある市民にしか、それは与えられないと言ったそうよ。誰でも、志願すれば日本人になれるわけじゃないのよ。頭が切れるところを見せたがっている弁護士もいて、その人はテレビの討論会で、たとえば、もし、ある国の連続殺人犯がね、『私は日本の連続殺人犯です』という本が出版できるようになったらどうするんだと言ったそうよ。そんなことをされたら、日本の評判が汚されるって。その番組って、人気番組だから、日本の右翼が勢いづいたそうよ」

「日本の右翼か……〝日本の〟は余分だよ」

「あなたって、トンチンカンなことばかり言うのね。日本に行ったらどうするの。先が思いやられるわ。あの人たち、ふざけている余裕なんかないのよ。右翼系の出版社の中には、とくに、愛国小説を出版しているところはね、最近デモを呼びかけているんですって。あなたの本が日本で出版されるのに抗議するだけでなく、世界のどこの国だろうと反対だって」

「頭がどうかしてるよね」

「傑作なのは、日本の一番大きな日刊紙に有名な評論家が、ただでは済まないぞって書いたんですって。あなたの本の出来が悪かったら、日本文学の評判を傷つけるリスクがあるって。こんなタイトルによって、この作家は〝卓越した日本作家〟になった気でいる。万一、本の評判が芳しくなかったら、日本文学を読む外国の読者を減らす危険があるって、言ってるらしいわよ」

「私は、『吾輩が日本作家である』と言ったわけじゃないよ。『吾輩は日本作家である』と言ったんだ。いい作家かもしれないし、下手な作家かもしれない、そりゃあどちらもありだよ」

「あなたは、日本のナショナリストたちがどんなに傷つきやすい人たちなのか、まるで分かっちゃいないのよ。おまけに、黒人だからねえ……もう、どうするの。でも、カラさんはおもしろがっているのよ。それで、私がここにいるわけ」

「本はまだ書かれていないんだって！」

「でも、その反響はもう歴然とあるのよ……本が書かれたら、みんながっかりするかもね」

「そりゃ、ありうるよ。でも、日本人がどう思おうと、私の知ったこっちゃない……その人、どうして写真がほしいんだろうな」

「カラさんは、あなたとコンタクトを持ちたいわけじゃないのよ……いろいろ空想するだけよ。しまいには、あなたを江戸時代の侍にしてしまうかもね。なんでもやる人だから。芸術家なのよ。私の友達によれば、最近よく彼に会うから、彼のことをよく知っているのよ。会えば、もうその話になるそうよ。午前二時に招集をかけて、その話をするんですって。若いオランダ女性を食べた佐川君とどこかで繋がっていると考えているらしいわ。それって、変身の領域に属するんですって。食べる人ってね、他の人間になりたいのよ。別のタイプの人間に。あなたも、別の人間になりたいんでしょ」

「日本だって別の存在になりたいかもな」

「それは違うわ。日本は日本以外の何者にもなりたくないのよ。そこが、私が嫌いなところね」

ミドリはさらに写真を何枚か撮った。

「これでよしと……これだけ撮ればいいでしょう。そろそろ失礼するわ」

ミドリは、ノリコのことは何も言わなかった。

川の美しい眺め

私は部屋を出て行った。日本の旅行者が、雑誌を手に、カメラを肩に、ドアをノックしたのだ。

「ボンジュール」

にっこり笑顔を浮かべた男。

「なにかご用？」

「あなたさまは日本の作家さんですか」

「いいえ」

すぐにドアを閉めた。

私はドアに耳を押しつけた。足音の気配はない。浴室に回った。そして、そこのタイルを一つずらした。こうすれば、廊下の様子が見える。日本人が長い行列を作って、静かに待っている。私は、テーブルの上に家賃のお金を置いた。夜になればゾルバがドアをノックに来るだろうし、夜明け頃になれば、ぶつくさ言いながらドアを開けるだろうから、衣装タンスが空になっていて、家賃がテーブルの上にあるのを見つけるだろう。私はスーツケースに荷物を詰めて、非常階段を降りた。裏の通りに入ると、子どもたちが我を忘れて駆けている。母親たちが洗濯物を干しながら、のんびり様子を窺っている。この道にはめったに車が入ってこないことを知っているのだ。離れたところにパトカーが停まっている。蜘蛛が一匹、眠ったふりをして、獲物を辛抱強く待ち受けている。間一髪のところで、私は立ち止まった。右腕の傷跡から、この間の警官だと気がついた。こんなところで何をしているのだ。ちょうど私の家の真下じゃないか。私は息を詰めて、じっと様子を窺った。静かにコーヒーを飲んでいる。ということは、彼は私が自宅にいることを知っているのだ。もう一人の警官が車から出てきて、背筋を伸ばしている。二人とも同じような年格好をしている。同じように冷淡な顔つきだ。部屋の中に踏み込むつもりで夜を待っているのだろうか。その後のシナリオは承知している。警察にとって危険な地区と言われている場所に私を連れて行くのだ。私をさんざんなぶってから、打ちのめすのだろう。もし事故が起こったら（事故が起こらないようにするだけの経験をやつらは積んでいるが）、そうしたら、抗争中のやくざグループの仕返しということにするだろう。三面記事の記者は、警察の言うことを鵜呑みにする。そうしないとスクープがもらえないのだ。スクープがとれない社会部記者なんて、資金のないやくざグループの組員ほどの価値もない。

今度という今度は、芭蕉に倣って暮らすしかないようだ。芭蕉の葉陰で。ただ、冬は厳しくてしのげないだろう。点々と寝場所を変えるしかない。ビジネス街のビルの排気口がある。熱い風が背中にあたるようにすればいいのだ。地下鉄もある。同じ駅に二晩続けて寝ないことだ。そうすれば目をつけられなくてすむ。警察は適当にしか監視していないからな。北アメリカの大都市行きのバスが発着する〈テルミニュス・ヴァイヤジュール〉で夜を明かす方法もある。シカゴとかニューヨークに行くと言えば邪魔されないで過ごせる。体臭だけには気をつけないといけないな。遠くからでも目をつけられるようになるからだ。警察は街の駅を巡回しながら(中央駅はビジネス街にあるが、あまり勧められない)、人の体臭を嗅いでは、貧困が臭わないか見張っているのだ。ここでは、人種は目印にならなくて(どの人種も負け組だからね)、体臭が差異を創り出すのだ。これだけは請け合うが、体臭を消すのは思いの外むずかしい。慈善団体のサンヴァンサン＝ド＝ポール・センターに行ってシャワーを浴びる。体臭が消えるまで石鹸を泡立てる。洗い立てのシャツに腕を通す。これで一応解決なのだが、再び汗をかいたら元の木阿弥なのだ。私の秘策は、貧困を見破られないように別の臭いでごまかすことだ。イタリアンレストランの〈ダ・ジョバンニ〉の前に行って座り込み、スパゲッティの臭いが体に染みこむまでじっとしているのだ。臭いを変えるのも悪くないものだ。

大都会では食い物にありつくのはたやすい。うなだれて南に歩いていく男を見かけたら、その跡をついていけばいいのだ。どこであろうと、南はいつでも北よりも貧しい。男は私を河岸まで連れて行った。そこに腰を下ろして船を見ている。子どもと変わらない。岸に水がぶつかる音。白い鳥が何羽かいて、男はパン屑を投げ与えている。私は、彼の行き着く場所は他にあると踏んで待ち受ける。いつまでも水平線に目を凝らしていたが、ようやく立ち上がり、老いた骨に準備体操をさせてから、再び歩きだす。私は彼にぴったりついていく。街では誰もが自分の行き慣れた道をもっている。彼の行き慣れた道が私の道になる。違いがあるとしたら、私は自分の運命を自分で選んだことだ。彼は運命を甘受している。屈んだ肩の線からそれがありありと見える。彼は一瞬立ち止まり、尾行を直感したかのように振り返ってから、門の中に入っていった。跡をついていくと、がらんと広い部屋にたどり着いた。この都市で、どこかに障害を抱えた者たちが集まる場所らしい。野菜スープの臭い。嫌な臭いではないが、貧困の臭い。湿った屋根と腐った果物の臭いだ。甘酸っぱい臭い。この都市の内臓にたどり着いたのだ。先に進めと私に合図する者がいる。いつのまにやら、私も列の中に入ってしまったらしい。一列しかない。メニューは一つだけなのだ。シスターが忙しそうに働いていて、みんなが自分の家に来たように感じる。列が突然動かなくなった。もっとスープを入れてくれと頼み込んでいる男がいるのだ。そういうわけにいきません、と寂しい笑顔を浮かべるシスター。何人来るのか分かりませんから。常連はいる。でも、「うなだれた肩」クラブに所属していることを自覚していない惨めな男もいるので、その跡をつけて来る新参者もいる、私のように。ようやく自分のスープ皿を受け取った。窓の近くの隅に座りにいく。あそこなら、美しい川の眺めが見える。二、三人が吹き出したように笑っている。貧しい者が笑う時はいつでも危険が潜んでいるものだ。床の上に人の影が映り、私の靴の前で背伸びしている。顔を上げると、映画『カッコーの巣の上で』に出てくるインディアンにそっくりな男が立っているではないか。どういうことなのか呑み込めた。口に出して言ってもらうには及ばない。私は席を譲って、一番居心地の悪そうな場所を探して、そこに腰を落ち着けた。まだスープが半分くらい残っているのに、私の前で跪く男がいる。なにがお望みなのか。私の魂にちがいない。私にまだ残っている売り物といったらそのくらいしかないのだから。彼は私の寸法を取ったあと、この次は長靴をもってきてやるから、これから来る冬を温かく過ごせると請け合ってくれた。しばらくしてから、シスターがあの男は二十年もそれをやっていると教えてくれた。名前は不詳だそうだ。別にあの男は怖くないが、背後にいる者が怖い。私をどうするつもりなのか。

剝奪された人生の物語

野菜や果物の小さな市場の近くで、フランソワに出会った。このあいだまで私が鮭を買っていたところだ。フランソワと私は、互いに消息が途絶えていた。二人は、いつでも一緒にとは言わないまでも、同じ時期に同じことをやった仲だ。二十歳くらいで社会的発言をしなければならなくなった時も、彼はラジオで、私は教養系の週刊誌で一緒に行った。そして、それがあまりに危険になって、国を出たのも二人一緒だ。モントリオールに着いてからも、二人はゲットーに留まるつもりはなかった。二人ともマルローを愛し、同じ時期に飽きた。実に多くのことを同じようにしたが、それも特に示し合わせたわけではなかった。そのうち、それぞれ別の道を進むようになった。人生とはそんなものだ。私は、共通の知り合いから彼の消息を時折得ていた。彼も同じように私の消息を得ていたはずだ。そのうち、時間がその作用を働かせていった。彼のことは、次第に私の記憶から薄れていった。そして、人生の偶然が、再び我々二人を向き合わせにしたのである。この再会が実現するには、どんな出会いの縺れた網の目があったのだろうか。彼は私に出会うや言った。ここは彼の来るところではなく、この市場には一度も入ったことがないが、たまたまいつもの魚屋で鮭を買うのを忘れたので立ち寄っただけだよ、と。彼は私のいまの境遇を一目で見抜いた。彼の目を見て、私の上着にボタンが二つ欠けていることに気がついているのがわかった。シャツにスパゲッティのソースが染みついているのも見てとったにちがいない。彼は私が人生の曲がり角にいるのを見抜いていたが、それが私が望んだものであることまでは知りようがなかったろう。力強い抱擁、温かみの籠もった挨拶は心からのものだ。私のよく知っている彼がそこにいた。いうまでもなく、彼は、私の肌にこびりついた野菜スープの臭い、貧乏人の臭いに気がつかない振りを精一杯していた。私も、高級会計士が振りまく、さも偉そうな香りに気がつかない振りをした。私たちの臭いは、日々の生活空間を伝えてもいた。ここのところ、私は、食料品店街の裏の通りにある中国人街で買い物をしている。火曜と土曜は、ごみ収集日だ。こんなにも落ちぶれているにもかかわらず、私が彼にとって大事な存在であることには変わりなかった。彼の上昇を真に評価できる唯一の人間なのだ。なにしろ彼が上昇の第一歩を踏み出す前から知っているのだから。彼は、どんな苦労をしたかを話さないでは別れられない顔付きになっていた。通り一遍の話ではすまなかった。彼の軌跡を、栄誉を、社会的急上昇を物語る品々をつぶさに私が指で直に触るようにして納得しなければ承知しなかった。私の方は、小説を書いて読んではすぐさま破り捨てて生きてきたと言ったが、私自身はそんなことは気にもしていなかった。私は書いたものの出来が悪かったというのではなくて、自分のために書いていたのだ。私は、作家であり読者だった。どこまでも自給自足の人間なのだ。工場に勤めるのが嫌にならなければ、いまでも続けていただろうが、働くのを止めてしまった。しかも、書くことは続けたかった。私はうまいこと編集者を見つけた。編集者は、電話交渉の末に本を仕入れることができるだろうという希望を抱いて、お金を回してくれる人だと、誰かが教えてくれたのである。こんな都合のいい取引はない。そこで、一冊の、まだ書いてもいないし、書きもしないだろうが、タイトルだけは証文として用意した本の交渉をしたのである。契約に署名すると、五千ユーロを受け取った。そのお金の匂いをかぐ暇もなかったのは、前から重ねて来た借金が山とあったからだ。残りの五千ユーロは、原稿と引き換えだという約束だった。いずれにしても、なにもせずに五千ユーロの金が出来たのだ。その間に私は映画の仕事もしていた。若い日本人がたくさん出てくる短い映画だった。どんなに前衛的なフェスティヴァルだって取り上げてくれそうもない映画だ。筋書きのはっきりした物語でなければ受け入れられないのだ。私は、物語を組み立てて、それに結末を与えるのは興醒めだとすぐ思ってしまう。結末が見えてくるや、移り気になる。腹が空かないかぎり私は書くのだ。何か食べたくなれば、小説をそこで突然やめることにするのだ。ミドリのことなら何かを仕上げられるかもしれない。彼女は自分の写真の本をどのくらい長くしたいのかな。いつか週末にでも書いてやるつもりだ。彼女には何カ月もかかったと思わせないとな。あまり簡単に書いてしまうと、怒りだす人がいる。彼らにとって理解できる唯一のモラルは汗なのだ。こんなことを、友に最初の晩から話をしてはよくないのかもしれない。私は彼を信頼しているのだ。なにかもっと面白い話に仕立ててくれるだろう。

彼は同僚と週に一、二回行って一杯やるバーに移ると言い出した。彼がどんな世界にいて、どんな地位を占めているのか私に確かめさせたいのだ。フランソワは、具体的で手に触れられるものが好きだ。ちょっとした話を私に話す時でも身振りを真似るのが得意だったのを思い出す。ディスコテックでの話だったら踊ってみせる。言葉を使えば同じ効果をえられると彼に言っても聞く耳をもたなかった。私の頬を軽くたたきながら微笑んだ。「おまえはやっぱり作家だな」。当時、私はまだ一行も書いていなかったのに、そんなことはお構いなしなのだ。私が初めて小説を書いたときは、読んでから怒ったように言ったものだ。「おい、ノーベル賞がほしいのか、おまえは。そうかそういうことなのか」。店に入ると、彼は友人のグループに歓声で迎えられた。「友人」などという言い方をしたが、フランソワの友人は一人しかいないし、その友人とは私なのだ。背中を叩きながら、彼は私を紹介する。どことなく気の抜けた挨拶が返ってくる。だが、彼は私に対してもっと敬意を示してほしいと弁舌をふるった。「いいか、みんなよく聴け。

いつも僕が話していた人が彼なんだ。世界で起こっていることについてなんでもいいから質問してみろ。どんなことでも彼は答えをもっているぞ」。短い待ちの時間。質問は出なかった。どことなく居心地の悪い空気が流れる。それから、ビジネスマンらしい会話が小声ではじまった（会計士たちの会話だ）。ローランティドの別荘、BMWが最近発表した新モデル、今夜のホッケーの試合予想。いつでも、なにかの金額の話になる。数分もすると私は頭がくらくらしてきた。それでも、この場のプリンスが彼であることだけは私にも見て取れた。店の女たちも彼を一番大事にしている。そして、彼が冗談に笑いこけると、みんなの笑いもたちまち大きく、濃密になった。さてと、ここに根を生やすわけにもいかないな。別れの挨拶を交わし、帰ることになった。チップを弾んでいる。私は伝票を見る気にもならなかった。私には縁のない数字だ。彼は私を自宅に連れて行くと言ってきかない。高速道路に入る。私をびっくりさせたいらしい。ボックスをごそごそさせて、ようやく一枚のCDを取り出す。スカシャーのCDだ。われわれの青春時代のバンドだ。彼は運転しながら踊った。車も踊った。ダンスは彼の得意芸なのだ。私はからきし駄目だ。なにかにつけ彼は言ったものだ。「でも、おまえは言葉を踊らせることができるからな」。到着。彼の家が通りの奥、バラ園の裏に見える――彼の同僚たちも同じような家をもっているのだろう。彼は私に妻のショウナゴンをおざなりに紹介する。私の頭の中ではフランソワは、同じ血縁同士で結婚するタイプだったのだが。サロンに案内される。シンプルだ。彼は歩くというよりは、足を滑らせるように動く。コニャック？　ウィスキー？　ラムもあるよ。彼の笑い。彼が笑うとみんなが笑う。昔から彼の笑いは伝染性だった。彼は私になんでもくれたがった。家も妻も車も。そこも昔のままだ。彼はいつでも私になりたがったのだ。十代の頃から、彼には欲しいものはなんでも手に入った。女の子、金、自由。私は内気な性格で、ダンスができなかったし、金もなかった。おまけに、パラマウント映画館より遠くに行くことを母に禁じられていた。なぜだろうか。私の内に彼は自分がもっていない何を見たのだろうか。ようやく彼の妻が微笑んで見せる。先程とは違った女性に見えた。待っていたという国際電話がきた。書斎に行って電話に出るという。私はショウナゴンと向き合うことになった。気まずい沈黙。それから、彼女は、弱々しい声で、彼とどんな生活をしているのかを語り始める。フランソワはいつでも私の話をするのだそうだ。正真正銘の強迫観念と言うしかない。私は、彼女の寂しげで諦めたような眼差しをつい避けてしまう。壁には、すばらしい北斎の浮世絵。ハイチ絵画は一つもない。なにからなにまでアジア風の内装。外では、彼はケベックの人間なのだ。自宅では日本人。みんなが彼にハイチは破局的だと言うのだ。彼はハイチの夢を見ることがあるのだろうか。あの国を思い出すことがあるのだろうか。話が切れたところに、彼がラム酒を携えて戻ってくる（ボトルにつめられたハイチ）。今度は、彼が妻について語る番になった。まずは彼女の出身。彼女は、父を通してスペイン人で、母を通して日本人なのだそうだ。どちらにも似ている所があるという。スペイン人の炎と日本人の抑制された趣味、と彼は微笑みもせずに言い足した。まるで、彼をかつて惹きつけたものもいまでは魅力が失せたとでも言うように。ベッドでは面白い混淆ではないかと、私は想像する。願わくば書くときにもちたい美質だ。焼き尽くす炎で養われた古典趣味。フランソワは呑みながら、われわれの子ども時代の尽きない話をする。私の記憶貯蔵庫には残っていない取るに足りないことを覚えているのだった。私は、彼が土曜の夜に、ラム酒のボトルを前にして、一人舞台を演じているのを思い描いてみる。人間は人生において一つの戦いだけを戦っているのではない。彼は呑めば呑むほど、ハイチ脱出の旅以前の生活を事細かに思い出そうとする。タブー・コンボのある曲の題名をどうしても思い出せなくて絶望的な顔を見せる（一九六七年に発足したグループ。ハイチ独特のリズム、コンパに乗せた曲を作り、若者から熱狂的な支持を得るが、まもなくニューヨーク・ブルックリンに進出し、成功を収めた）。「それって『ベベ・パラマウント』だよ」私がたまたま言うと、彼はすっかりしょげてしまう。音楽に関心を示さなかった私が、何年も前から彼がどうしても思い出せないタイトルを覚えていたのが悔しいのだ。ここにも、私と彼との奇妙な関係を照らし出すものがある。私が天才であり、ノーベル賞に値すると彼に思い込ませる何かがあるのだ。彼が忘れた唯一の曲の題名をすぐさま私が言ってみせたこと。こんなことは、彼との間にしか起こらなかった。私は人生について無知もいいところなのだから。彼が妻と交わす目配せから、先程彼女が何を言いたかったのかが伝わってきた。たしかに、彼の信じがたいエネルギーがその回りを回転している焦点があって、それが私なのだ。彼が語ることは、みんな私に関わるなにかだった。まるで、彼は人生を通して、私を理解しようと努めることしかしなかったかのごとくである。が、私の人生、ショウナゴン以前の人生の映画を前にして、私が言葉を失っていると、ショウナゴンは次第に微笑まなくなっていった（彼女の最後の美点だが）。私が彼自身の思い出話をしようと割って入ると、すかさず彼は、私を褒め上げて、それ以上話させまいとする。私は、自分が彼に所属する何かであるような気分になってきた。彼の膨大な、そして寛大きわまりない記憶によって、彼は私の人生を自分のコレクションにしているのだ。私は、私自身の所有権を剝奪されていた。あまりに強く愛してくれる人がいたら、警戒すべきなのだ。

魔術的時間

しばらくして、彼は私をオフィスに連れてきて、ポルトープランス時代の写真を何枚も見せてくれた。映画館レックス座の前。アイスクリーム屋の傍。シャン・ド・マルス広場〔大きな公園のようになった首都の象徴的な広場。中央に大統領官邸がある〕でサッカーに興じている姿。女子校の前に立つ学生服姿の二人。私は、この時代の写真を一枚ももっていなかった。すっかり忘れていたのだが、フランソワは写真のマニアで、通信教育で写真を勉強したこともあるのだ。彼は焦点のぼけた写真を一枚見せてくれた。日本人観光客たちと撮った写真だった。ハイチの日本人なんて、私は覚えていなかった。写真は、その時の雰囲気の中にもう一度浸ることを可能にしてくれる。人生は、少なくとも二つあるのだ。一つは、われわれの記憶の中に、水底の石のように沈んでいる記憶。もう一つは、水煙のように時が進むにしたがって消えていく記憶。観光客たちは、実のところ、東京の日刊紙の新聞記者たちで、観光目的をよそおって、デュヴァリエ政権下のハイチをルポルタージュすることを目的としていた。われわれは、日本大使館に勤める若い通訳マドモワゼル・ムラサキのお供をよくした。とても日本的な夏だった。すぐに顔を赤くするマドモワゼル・ムラサキは、よく大使館のパーティーに呼んでくれた。彼女とフランソワの付き合いはその時はじまったのだろうと思われる。私はなにも気がつかなかったが、それというのも、当時は、私はディドロに夢中で、『運命論者ジャック』の始まりの部分にすっかり魅せられていたのである。私は歩きながら読むことさえできた。この本は座っては読めなかった。その速度は私にこれ以上ないほどぴったり合っていたのである。私はフランソワにディドロをぶつけては、彼の話の腰を折った。彼から見れば、怠惰な男だった。私は怠惰の思想を愛していた。怠惰な作家、それは悪魔的に私を捉えて離さなかった。描写はほとんどなく、対話ばかりだった。ディドロがなおも私に影響を及ぼしている。それは、本の中で、しゃべり続けていた。私は、人が話している本が好きだ。話者が登場人物に代わって表現する時は、嫌悪を覚えた。このやり方は、あまり人気を得なかった。フランス人は会話が好きだが、本の中で口を開くのは嫌いなのである。フランス小説の中で誰かが「こんにちは」と言うのを聞くことはない(探偵小説は別として)。簡単すぎるのだ。そこで、そのステップは省略するのである。実際の生活ではできないことだが。不幸にして、マドモワゼル・ムラサキはニューヨークに戻って、コロンビア大学でジャーナリズムを勉強することになった。あの年の夏は、国のどこにでも新聞記者たちのお供をして行った。尻にはトントンマクート〔フランソワ・デュヴァリエ大統領が創設した秘密警察組織〕がひっついてきたが、気にもかけなかった。彼女の後について、政治犯が収容されているという、パパ・ドック〔F・デュヴァリエ大統領の愛称〕の牢獄にまで行ったものだ。彼女は、日本から来た新聞記者の話に耳を傾けていた。アメリカの有名大学を卒業すれば、東京で簡単に新聞社に就職できるだろう。ただし、テレビ局で働きたいのなら、すぐに帰国して、天気予報から始めた方がいい。テレビでは、知的能力よりも見栄えがはるかに重要だから。マドモワゼル・ムラサキは、テレビという言葉を聞いただけで、トマトのように赤くなった。テレビ受像機の小さな箱に入るには、彼女があまりに内気なことは誰の目にも明らかだった。テレビは、所詮、人間のエネルギーを吸い込んで、風にしてしまうだけである。フランソワは、私がハイチを出国した後、彼女に逢うためニューヨークに行ったのだ。ここから先は、フランソワが話してくれる。しばらくの間、僕たちは一緒に暮らしたんだ。だが、夫婦生活を続けるには、僕たちはあまりに違いすぎていた。彼女が日本人だという事実とはなんの関係もないことだよ。彼女は、夫婦の愛情生活を会計的観点から見ていたんだ。毎週、共同生活の愛と財政の明細票を作らなくてはならなかった。金を浪費するのは僕で、貯金するのは彼女だった。二人とも一緒に生活していけないことをすぐに理解した。ただ、欲望はまだ残っていてね、愛情関係は続けて、僕の小さな部屋からマンハッタンの彼女の広いアパートに場所を移した（彼女の両親は、金融と外交畑の人たちだった）。その後も彼女の友人たちと、みんな日本人だったが、付き合いを続けたよ。まもなく、僕は、ブルックリンに引っ越すことにした。そこで、僕はもっと大きなことができそうな気がしたのだ。二人が逢う回数は減っていった。というのも僕が家に居ることが多くなったのだ。今度の部屋は日当たりがとてもよくてね。ニューヨークでは、恋人関係はたいして大きなものではない。太陽の方が信頼できた。マンハッタンの関係を打ち切ろうとしていた矢先に、僕は、たまたまマドモワゼル・ムラサキの従姉妹と知り合った。彼女もブルックリンに住んでいた。好都合な点が多くあると、それが運命になるものなんだ。しかし、この関係もうまく行かなかった。僕はモントリオールに戻った。ショウナゴンに出会ったのはそんな時だよ。マギル大学だったが、彼女はそこで会計学の勉強をしていた。ショウナゴンは、僕が以前に二人の日本人女性と関係をもったことを知らないんだ。僕は、彼女に、二人が出会ったのは単なる偶然であって、僕があらかじめ引いていた道筋を辿ろうという下心をもっていたからではないと思わせておいたのだ。僕は理解したんだ。一人の女の子に出会うのではなく、一つの文化に出会うんだってね。この文化の外に出るのは簡単なことではない。五回くらい挫折しないと、日本のような強力な文化と袂を分かつことはできないんだ。イタリア人女性と知り合えば、一生、スパゲッティを食べることになるのさ。人種間の関係において人が疑心暗鬼になるのはそのためなんだ。いったい、自分に対して関心がもたれているのか、それとも文化に対してなのか自問することになる。黒人なら、自分が好きなのか、それとも思想的な理由から自分と結婚したいのか不安になるんだ。金持ちなら、自分のもっている金のためではないかと疑うだろう。ショウナゴンにシキブの話をしなかったのはそのためなんだ。彼女に本当のことを言った方がいいのではないかと思うこともあるよ。ニューヨーク時代の僕を知っている誰かが現れたらどうしようと、不安になるんだ。もしかしたら、彼女だって、過去の全てを僕に話してくれたわけではないかもしれない。もしかしたら、僕が気づかないように日記をつけているかもしれない。それなら、おあいこだよね。フランソワと私は笑った。その笑顔をたたえたまま、僕たちは彼のオフィスを出た。私たちが居間に入ったとき、ショウナゴンがなにかを箱につめていた。彼女は、丁寧に包装された箱を私に渡して、家に帰るまで開けてはいけないと言った。それから、フランソワは、〈日の本〉にジャズを聴きに行こうと言った。そこのマスターをよく知っているのだ。ドゥドゥ・ボワセルという名だった。

私は、一銭も金がないとはっきり彼に言った。優雅な微笑みが返ってきた。彼が奢る日だというのである。私たちは、ディジー・ガレスピーを見た。いいジャズだ。あんなに気取らなければもっといいだろうが。それから、私たちは最後の一杯をやるために、街の東側のサンドニ通りに行った。西側は、仕事の同僚と会う場所で、東側は、妻と外出する時に行く。彼は生活を二つの系列に分け貸借対照表にする。貸方と借方。ムラサキから学んだものだ。銀行的側面。

フランソワは生命力に溢れている。輝いている。口をきかない時でさえ、私は、彼がこれまでに会ったもっとも輝かしい存在であることを疑わない。だから、彼につける薬はないのだ。彼は私の業《カルマ》なのだ。幸いにして、みんなが賛同する意見ではない。たいていの人たちは、そのような結論を出すには証拠を要求するし、私は、そんなもの、持ち合わせていないのだ。フランソワは情が強く、頭で考えはしない。ありがたいが、重荷にもなる。最後のバーに入る。フランソワは少し酔っていて、私を店の客たちに紹介すると言い張る。ショウナゴンは目を伏せている。私は、なだめたり、すかしたりして、なんとか思い止まらせる。私は彼が立ち上がるのを手伝ってやる。車に向かう。シェルブルック通りに向かう坂道を登っていかなくてはならない。フランソワは私の肩に寄り掛かるようにして、はっきり聞き取れないようなことを呟いている。マドモワゼル・ムラサキが決して好きだったわけではないが、私が物欲しそうにしているのを見て口説いたのだというような意味らしかった。女については、彼は私に譲るつもりはなかったのだ。私は、本が縄張りだった。後は、出来てしまったしがらみに沿って流れていくしかなかった、というようなことを彼が言う。モントリオールの郊外で、またもや日本人と一緒になったのもそのせいだ。人生においては、肝心な時に、人はいつでも悪い道を選んでしまうものだ。フランソワは私を自宅まで送っていくと聞かなかった。私は、月が明るいので、芭蕉にあやかって歩きたいとなんども断った。もうすぐ、こんなに穏やかな時を楽しむことはできなくなるからね。もうすぐ冬が来るよ。フランソワの人生は、思春期で停まったままだった。あの時代に、彼の思い出のプールが満杯になったのだ。残りの人生の全てが、この情動空間の周辺に位置づけられている。彼が魔術的時間を捨てようとしたことは一度だってない。車からそんなに遠くないところで、ショウナゴンが私の手に何かを握らせた。マッチ箱の上に書かれた彼女の携帯電話の番号だった。

ハルカって、援助交際しているの

あまり高いものを買って、ブランドをひけらかすって、悪趣味かしら。トイレの近くで、ハルカがトモに訊いている。そんなことないわ。でも、人をうらやましがらせたくてわざとやるなら別よ。そうお、そんなこと区別つくわけないじゃない。褒めてくれるのが男の人ばかりなら、気をつけた方がいいわ。でも、トモ、あなたよく知っているじゃない。あの子たち、示し合わせて私をシカトしているのよ。私は壁の染みみたいなものよ。自分は透明人間かしらと思うことさえあるわ。自分がまわりのものの色に溶け込んでしまうの。仲間にひっついて、しつこい蔦のようになるしかないわ。いっそのことお水になってしまいたいくらい。飲んだ人がそれで溺れてしまうお水に。そんな言い草やめなさいよ。なにが言いたいの、ハルカ。えっ、いまさらなによ。私がこんなこと言うの今日にかぎったことじゃないわ。みんなが私をそこまで無視しなくてもいいじゃないと言いたいだけよ。これだけのことを言うのだって、うんと呑まないといけないのよ。いつも呑んだくれているじゃない。そんなことはないわ。ただ、私の方を見てもらいたくてじたばたしているだけよ。でも、やるだけ無駄ね。結局、みんな、お高くとまっている人をちやほやするだけだから、そうじゃない、トモ？　私、馬鹿なことばかり言っているわね。でも、いつもそうなわけじゃないわよ。普通、私、頭の中でしゃべっているの。二日くらい考えてから、やっと口に出して言うようにしているわ。だからと言って、私の話を聴いてくれるわけじゃないし。また同じことを言っていると思われるだけなの。見向きもしてもらえないわ。私はみんなの足手まといなの。十秒以上、私の話を聴いてもらいたいと思ったら、なにか大変なことを言ってやるしかないわ。「服に火がついているわよ、ヒデコ」とかね。これまでの最高は一分よ。私が気絶したときだけ。ミドリが言葉をかけてくれてうれしかったわ。普段は、私、聴いているだけよ。私、しゃべりすぎかしら、トモ？　こうして話すと気持ちが楽になるわ。いつもは、人が言うことをあでもない、こうでもないと考えているだけですもの。私は、これで、なかなか隅におけないのよ。なんでもよく見ているの。誰がどんな趣味なのかよく知っているわ。だから、誰のことでも、いま何を欲しがっているのか、すぐピンとくるの。私、なかなか話をするのがうまいでしょ。いつも暇をもて余しているから、頭の中で言葉に磨きをかけているの。夜はプルースト読んでいるのよ。だから、誰かがいいもの見つけたみたいな話をするのを聴いてほしがる子がいたら、私、すぐに買いに行くの。でも、みんな気がつかない振りをするの。私がブラウスを買っても、アメジストのブローチを買ってもね。それはみんなが、ハルカはお金持を相手にしているって思っているからよ。あなたって、誰ともおしゃべりしないし、自分の親を困らせてやることしか考えていないでしょ。ちょっと待ってよ。マジで言っているの、トモ。あなた、みんなが欲しいと思う服、なんでももっているくせに。誰かが新しい服をどこかで見た話をすると、もう次の日には、あなた、それを着ているのよ。いつもなんだから。あなた、みんなを悔しがらせるのよ。あなたみたいな厭味な子、いないわよ。みんなが、どこかで遊ぼうなんて言っても、いつもつまらなさそうな顔をするんだから。お金あるかしら、私って？　いつもお財布空っぽよ。私、悪趣味かしら。いつも、みんなのことをうらやましいと思っているのに。あなた、どこからお金出してくるのよ。ハルカって、援助交際しているの？　私が悪いわけじゃないわ。ポケットにお札を詰め込んでいる馬鹿なおじさんがいつでもそこらをうろついているのよ。で、おじさんと寝るの？　寝ないわよ。吸うだけよ。服が欲しいときだけよ、それも。デパートの隣のスポーツセンターに勤めている男の子がいるのよ。私、そこで、お昼を過ごすの。夕方になると、筋トレに来る男たちがいるわ。私のことなんか見向きもしないわよ。自分の体に夢中だから。くたくたになるまで腕立て伏せをやって、それから立ち上がると鏡を見に行くのよ。それだけでもうっとりしてるのよね。私は、お腹がふくらんだビジネスマンが相手よ。脂肪を少し燃焼させ、バーに行って、裸の踊り子を脇に座らせるのよ。また太るだけなのにね。ビールと唐揚げだもの。その間、女の子たちは、中央マストにそって滑っていくの。サービスには、パイプというのと、軽食スナックというのがあって、客にどちらかを選んでもらうの。私は、シャワーの出口で待っているの。もうきれいに洗い流しているからね。私は一番奥のドアを開ける鍵をもっているの。さっとうまくやるのがコツよ。呑み込んでくれと言う男もいるわ。料金は倍ね。現金で。私は口を洗って外に出るの。顔に太陽を浴びるのがいいわ。私のヒモは、太陽なのよ。いつも外で待っていてくれるの。隣の店で服を買って、ブローチはバークで買うの。無言。ようやくトモが口を開く。私、みんなの言うことなんか気にしていないわよ、私の一番大切な人はミドリだもの。みんなだって同じ気持ちよ。いや、私はミドリに恋しているのとは違うの。みんなはそう思っているかもしれないけれど。ちょっと待ってよ。トモ、みんな、ミドリに恋しているのよ。でも、私は違うわ。そりゃあ、やり方はそれぞれ違うでしょうけど。あのね、私がまだ生きていられるのは、ミドリのお蔭なの、私の元気の素よ。ミドリに会うまでは、なにをしてもつまらなかったの。恋ではないのに、それに負けないくらい愛している人がいたら、ハルカ、どう思う。え、それってどういう意味なの、トモ？（間を置いて）もしミドリが死んだら、私も死ぬっていう意味よ。ちょっと待ってよ。死ぬの死なないのって、私、うんざりだわ。あなたたち、ほんとにそういうの好きね。私は大嫌いよ。そんなの、麻疹みたいなものじゃない。好きだったら死ななきゃいけないなんて、いったい誰から教わったのよ。ほんと、おかしいわ。私だったら、誰かが好きだったら、もっと生きたくなるわ。ハルカ、あなた、ほんとに誰かを愛したことがないだけよ。あなたは皆に言いふらさなければ、死ねないタイプね。私はね、死にたいなんて言ってないわよ。ミドリのことだけを考えているって言っているのよ、ハルカ。みんな、ミドリにぶら下がっているのよね。わたしは、あの子たちと違うわ。そういうけど……あなた、あの子たちの何を知っているというの。ここでは、みんながみんなのことをなんでも知っているわよ。あなたが何をしようと、ちゃんと見ている目があるのよ。あなたがなにを考えているかだって、ちゃんと聴いている耳があるのよ。私もう、これ以上持ちこたえられないわ。いまだって、こうして二人で話しているのに、みんなは私を無口だって言うのよ。私はお見通しよ、ハルカ。あなたがそんなにものを買うのは、誰かの影響なのよ。私って、頭の中にあるものだけで、もう一杯よ、私を操縦できる人なんて、いるはずないじゃない、トモ。いや、日本人って、結局、みなそうなのよ。あなたがそんなこと思ってみたこともないだけよ。あのね、人を操縦していない人は、操縦されている人なのよ。そういう風に世の中、できているんだから。あなたの色の好みって、誰からもらったの。あなたのアクセサリーの好みって、誰からもらったの。あなたの香水の好みって、誰からもらったの。あなたの下着の好みって、誰からもらったの。ちょっとでも、考えてごらんなさいな、ハルカ。そうすれば、あなたの好みと同じ好みの人が、どこかにいることが見えてくるわよ。あら、そうかしら。私には、何のことかわからないわ。とぼけているのね。まあ、いいわよ。他人のことだと思っているんでしょ。少しは人の話を聴いた方がいいわよ。何のことよ、トモ。あなたのような着こなしをする人って、誰か他にいないの。あなたと同じ香水を使う人って、誰か他にいないの。あなたと同じ靴を履いている人、誰か他にいないの。まだ何のことを言っているかわからないわ。あなた、娼婦のくせにとろいわね。普通、娼婦って、もう少し頭の回転が速いものよ。あなたが行くところに必ずいる人は誰なのよ。それって、フミのこと？　フミがどうしたっていうのよ。フミに訊いてごらんなさいよ、ハルカ。そんなこと嫌よ。じゃあ、分かるわけないわよね。いつか分かる時が来るかもね。

ホテルの部屋で

　ホテルを選んだのは、ショウナゴンだった。日時を決めたのも彼女だった。西側の地区にある、蔦で覆われた、赤レンガの小さなホテル。私は早目に着いたが、彼女はもう来ていた。フロントで名前を告げると、一二号室で人が待っていると言われた。ショウナゴンが窓の傍に静かに座っていた。困惑しているようでも、臆しているようでもなかった。私に微笑むと、傍に来て座るように差し招く。先日の夜に出会った女性とはまるで別人だった。

「お昼は召し上がりましたか」

　彼女は、温かみのこもった声で私に訊いた。私は、少しばかりへどもどしてしまった。

「いや……」

「よろしかったら、いかがですか」

　彼女は、ベッドの端の低いテーブルに籠を置いて、海鮮料理の品々を取り出す。

「あなたは海の人間にちがいないと思っていましたの……フランソワは陸の男なんです。わたしも海の人間なんです。フランソワにわたしが惹かれたのはそのためですわ。正反対の者はお互いに惹かれるというじゃありませんか」

彼女は、とりとめのない話をしながら、料理を取り皿に分ける。私にはすぐ呑み込めたのだが、彼女にとって、会話はあくまで音楽であって、内容ではない。ショウナゴンのように、心の細やかな人が整える世界は、夢のように思えた。だが、繊細さがすぎると、どうしても野卑なものをひき寄せるものだ。私たちの均衡には、なにか入り交じったものの支えがあるのだ。昼食は静かに進んでいった。彼女は時間をゆるやかにする術を知っていて、それがこの街のエネルギーにまで力を及ぼしているのではないかと、私は思ってみたりした。部屋には太陽が注ぎ込んでいる。窓は、狭い中庭に面していた。白いシーツ。色とりどりの果物。白ワイン。祭日。彼女は、人の心を揺さぶるような優美な魅力を振りまきながら立ち上がり、ベッドの上に横になった。私は、取り乱しもせず彼女の傍に近寄った。私からなにかを仕掛けるつもりはなかった。私は待った。彼女が私の前腕に触れる。

「ひとつ、おききしてもよろしいかしら」

「もちろん」

「あなたが嫌なら、それでよろしいのですよ」

なんと、日本の女性が男に愛でてもらうように頼むときは、こんな物言いをするのだろうか。

「フランソワのことを話していただきたいんですの。彼を愛したいの。でも、あなたの声を通してね。あなたの声が私の体の中にまでしみ入ってほしいの。私の心にまで。この心はフランソワのものよ」

「？」

「フランソワは、私と知り合ってから、あなたの話しかしないんです。彼のどんなしぐさも、あなたとどこかで繋がっているの。この間、あなたが家にいらしたとき、彼の胸は破裂せんばかりでしたわ。あんな彼って、見たことありません。いつもはむっつりしているんですもの。仕事の同僚と一緒のときは違うことは知ってますけど。家では、よき日本の夫を教科書通りに演じているように見えますの。彼がどんなに言いつくろおうと、私のスペイン的な部分には関心がないのです。私が燃えるときがあっても、彼は受け入れられないんです」

「お会いして間もないですし……」

彼女は息が詰まったような顔をした。

「でも、私、ご飯をいただくとき、あなたと一緒なのです。音楽を聴くとき、あなたもそこにいるのです。私は、悲しいときも、楽しいときもあなたと一緒なのです。夫と愛を交わすときも、あなたがそこにいるように思えてくるのです……私、なにを言っているのかしら。でも、ほんとうにあなたがいるみたいなのです。もしかしたら、彼よりももっと強く……。私がどんな生活を送っているのか、きっと、想像もできないんですわ」

彼女は、しずかに涙を流した。

「最初に出会った時から、三人の夫婦生活だと分かりましたもの」

「それを受け入れたのですか」

「意地もあるんです……でも、若い頃の思い出にはかないませんわ。彼は、あなたとは悲しい思い出は一つもないのです。つらい日がなかったわけではありませんが、彼の頭の中では、太陽が降り注いでいるのです。あなたは、彼の太陽なんです。彼からそれを奪うことはできませんわ。思い出のおかげで、彼、冬も生き延びられるのですもの。零下二十度の時は、思い出の一杯詰まった小さなスーツケースをもって、熱いお風呂に入るの。……そうすれば、三日くらいは幸福な気持ちでいられるのよ」

「彼をとても愛しているのですね」

彼女は私の目をじっと見た。いままで見せなかった態度だ。

「彼を愛しているかどうかですか。彼があなたを愛しているのと同じくらいに愛してますわ。彼のことしか考えませんもの。彼を通してしか息をしませんもの。彼の夢しかみませんもの。彼しか愛しませんもの……それに、彼がどんな風に感じているかを知るためなら、彼が愛している男を愛してもいいと思っていますもの」

彼女は笑って、私に体をこすりつけるようにして身を丸めた。

「彼のことを話してくださいな。彼のことを少しは知りたいの」

彼女は囁いた。

「私が言えることと言ったらですね、彼が私にかこつけて言っていることの半分は彼のことだということです。私のことを語っているとき、彼自身のことも語っているのです」

「理屈なんか聴きたくありませんわ。私は、どんな話でも隅々までよく知っているのです。彼の名前を聴きたいだけなんです。フランソワがフランソワと言うことは絶対にありませんもの。あなたの名前だけを言うのです。彼の名前は出てきませんわ。彼に私の話を聴いてほしいと思ったら、あなたの名前を会話の中に滑り込ませればいいのよ」

窓を眺めている時間が長くなると、鳥が飛んでいくのが見えることがある。私は、じっと見つめていた。彼女はこれ以上耐えられない様子だった。あまりに長い間、壁に頭をぶつけてきたのだ。

「もうなにもかも忘れてしまいましたよ」

「どうしてみんな忘れられるのですか……なにもかも忘れるなんて、そんなことありえませんわ。記憶は我にもあらず動いているものです」

「あなたの方が私よりも、私の思い出を知っているに違いありません」

「彼だけが出てくる思い出を一つだけでいいから話してくださいい……私のためにお願いしますわ。彼自身は思い出せないようなお話を」

長い沈黙の時間。庭の小鳥の囀りが聞こえる。

「そうそう……たしか、広場で落ち合う約束をしていた時かな。すっかり遅れて行ったことがあります。彼はベンチで眠っていました。彼の体の上に鳥が四、五羽とまっていました。まるで見張りでもしているみたいに。私は彼を長い間、ながめていました。せっかくのところを起こしたくなかったのです。鳥たちが去ってしまうのを待ってから近寄ることにしました」

「ほんとね、それなら彼が知るはずもない話だわ……見ているのはあなたで、あなたを観察している彼ではないですもの。ありがとう、天使さん。そろそろ帰らなくては。でも、あなたはゆっくりしていっていいのよ。お腹がすいたら、なんでもルームサービスでとっていいのよ……下のフロントに言っておきますわ」

蛇のタトゥー

ホテルの真下の地階。そこに広がる地下街。商店が並んでいて、花模様の帽子をかぶった老女たちがたむろしている。彼女たちは、万引きを監視してくれるからお店にはありがたいのだ。早食いをして仕事にすぐ戻れるレストランもある。私は、適当な場所に座ってみる。テーブルに新聞が散らかっている。七頁に、裸同然の女の子。読者を惹きつけるためだ。三五セントだから、目くじらを立てるほどのことではない。私のコーヒーはその倍の値段だ。新聞を買ったわけじゃないのだから、損はしていないわけだ。三六頁にある写真は、昔、私の隣に住んでいた男じゃないか。私が聾啞学院の傍に住んでいた頃だ（学院近くを歩いている女の子に話しかけてもなぜ返事が来ないのかすぐにはわからなかった）。新聞によれば、彼は牢屋を変えたらしい。セキュリティーのもっと厳重な牢獄へ移送されるそうだ。いまや監獄界のスターなのだ。彼のように、自分自身に（この場合、殺し屋に）そっくりな人間なんてめったにいるものじゃない。ある意味、誠実な男なのだ。体中にタトゥー、蛇、虎、ドラゴン。大きな赤いハートの中の女たちの名前――この種の太い腕はいつでも感傷的なのだ。男の名前も幾つかある――不幸にも彼の通り道を横切ってしまった男たちだ。どうかしたのですか。とりつくしまのない顔。私はもう一度尋ねてみる。無言。何時間でもものを言わずに私と座ったまま過ごせる男だった。はじめ、私は気押されていた。次第に、無理に彼に何か言わせなくても彼がそこにいることが気にならなくなっていった。そうなったのも好奇心をそそられるものがあったからで、道徳的判断などではまったくない。私に言わせれば、彼は誰かまわず人を殺せる男だ。軽はずみなことを言うつもりはないが、アマチュアの殺し屋にすぎなかったのかもしれない。誰でも、めったに会えないような特別な人間に出会ったと思いたくなるものだ。彼は、たまに私の部屋にまで上がってきて、一日にあったことを事細かに話した。そうなったらそうなったできりがなかった。何かを言いかけたまま、不意に腰を上げて出て行くこともあった。それから一カ月も音沙汰がなかった。彼を観察していると飽きなかった。いつも警戒しているのだ。何一つ、物音一つ、身振り一つ、見落とさなかった。時々、窓際に行っては、外の様子を窺っていた。それから、私に来いと呼ぶのだった。

「あいつを知っているか」

「いや、知りません」

彼には、私のように暮らしている者がいるなんて信じられなかった。ジャングルの中にいるのだということにまるで気がついていない私のような人間を、呆れたように見ていた。そんな呑気な素振りが彼の心を強く打ったらしい。我々は偶然出会うこともあったが、彼は偶然をペストのごとく唾棄していた。神秘家にとっては、全てを神が操作している。彼にすれば、王立カナダ国家憲兵の刑事トランブレーが、彼を追い込んで捕らえたのだ。私にすれば、隣近所の者が街で出くわしても、それは、ごく普通にありうることだった。私は、おんぼろのアパートに部屋を借りて間もなかった。二階の七号室に入ってから三日経つか経たない頃だった。私は階段で人に会う度に挨拶をしていた。大抵の人は挨拶を返してくれなかったが。彼は、さらに愛想が悪かった。私は、ボンジュールという単純な挨拶がそんなにも人々にバツの悪い思いをさせるなんて知らなかったのだ。ある晩、彼が私の部屋のドアをノックした。ドアを開けると、私は、てっきり自分の前に殺し屋が立っていると思った。誰かが彼を雇って私を殺させるのだ。彼はぶっきらぼうに手を差しのべた。私はおもわず後ずさりした。ナイフで腹を刺されるのだと思ったのだ。彼の凄味のある笑いやユーモアの欠如も、その場の雰囲気を和らげるどころではなかった。彼は、私が差し招くのも待たずにずかずかと中に入ってきた。驚く間もなく、彼は部屋を隈なく調べ始めた。私は、横目で彼の太い腕っぷしを見ていた。腹を空かせた虎と一緒に檻の中に閉じ込められた思いだった。誰が私を殺そうと金を払ったのか。妬み深い作家なのか。街のあちこちで文学者のカクテルパーティーが開かれているが、そこで気に食わない作家をけなす程度のことだと信じ込んでいた私が馬鹿だったのか。彼はなおも動き回り、私に一瞥もしなかった。私は彼の関心の中心にはいないのだ。窓を開けに行き、通りに疑い深い視線を走らせた後、近寄ってきて、長椅子に座った。ようやく私の方に体を向けると、一言も言わず、長い間私を睨んだ。

「ボスは誰だ」

「何の話ですか」

彼の顔がみるみる赤く染まった。まるで、蛇に気がつかないで踏んでしまったような顔だ。

「そんな言葉づかいをするんじゃねえ。分かったな」

私はまた同じ言い方をしそうになった。

「別に、やくざとおつきあいがあるわけじゃありませんよ」

沈黙が続いた。私の息づかいが聞こえるが、彼のは聞こえない。隣の部屋では『ハムレット』のセリフを練習している。殺し屋（彼を形容するに、他にどんな言葉があるのだろう）は、少し耳を澄ませてから、壁を指さした。

「劇の練習ですよ」

私は、無用の取り違えを防ぐために言った。

彼は、テーブルの上に散らばっている私の本に近寄り、掌で撫で回す。

「おまえ、これをみんな読んだのか」

私はそんなにたくさん本をもっているわけではない。

「ええ……読んだ本は取っておきませんけどね」

「本を何に使うんだ」

「気に入った本は、気に入った人に上げてます。残りは捨てています」

私を見る彼の眼差しに奇妙な光が閃いた。私は、この猛獣に何かを引き起こしたのだ。彼は微笑んだ。むき出しになった白い牙。次の瞬間、小さな窓が開いた。

「おまえ、ビールはないのか」

私は缶ビールを二本開けた。ゆっくり呑んだ。

「もっとビールはないのか」

丁度、昨日、調達したところだった。缶ビールを二本取り出す毎に、私は新たに二本冷蔵庫に入れた。いつのまにか暗くなっていた。不意に彼が立ち上がった。

「おまえはいいやつだ……俺は下に住んでいる。三号室だ。おまえにちょっかいかけるようなやつがいたら、俺を呼びに来い。レジャンだ」

私たちは握手した。レジャンには指が二本欠けていた。同情するよりも、むしろ怖くなった。

プロの殺し屋を相手にしている証拠ではないか。私たちは二人とも手に職をもつ人間だ。私は書くために指を必要としている。作家の手を切り落とすような、とんでもないことが起こらないように願うしかない。

私の目の下には彼の写真がある。一ダースくらいの警官に囲まれている。足に鎖がつけられたまま、ワゴン車に乗ろうとしている。彼がカメラマンを振り返らなかったら、誰かわからないままになっただろう。あの固い表情。小さな目。含みのある笑い。私は、写真とはまったく別人のレジャンを知っている。父親と釣りをした話をしてくれるレジャンだ。彼のガスペジーでの少年時代。彼の目を見ていると、鱒が身を躍らせるのが見えた。

リチャード・ブローティガンの長靴

ある晩、ドアに何かがぶつかる音がした。中に入ろうとしない彼がいる。後についてきてほしいのだ。こんな具合に意思を伝える動物がいるものだ。彼の巣窟を私に見せたいというわけだ。

「俺は、家に誰も入れたことがないんだ」

私は答えなかった。彼は私の襟元に突っかかった。

「誰もここに入った者はいないと言ってるんだ」

「光栄です」

微笑みが浮かんだ。私を歓待しようと一生懸命なのだ。持っているものならなんでも差し出さんばかりの様子だ。何かを持ち出して来ては私に預け、私の眼差しを窺っては、すぐに私の手から奪い取る。

「こんなの、おまえにはつまらんな」

ビールを何杯か呑んだ。そして、帰ろうと私が戸口まで戻ったときだった。彼の顔が輝き出した。カウボーイの長靴を見せたいと言い出し、あちこちをごそごそ探し回った。何か、自分で自分に納得しているような素振りだった。断りかねていると、持ち出されたのは、すりきれた古い長靴だった。

「親父の友達のものだ……誰かにこれを渡す日が来るとずっと思っていたんだ」

私は礼を言って、長靴をもって階段を上がった。私は、すっかりリー・ヴァン・クリーフのカウボーイ映画から抜け出せなくなっていた。ドアにぶつかる音がする。彼が、いたずらを企んでいる子どものような笑いを浮かべて立っている。私に石灰が表紙に張りついた本を差し出す。タイトルはほとんど読めなかった。著者名は石灰の下に隠れていた。彼は、私がどうするのかじっと見ていた。私は本を開いた。ページが乾いたビスケットのような音を立てた。すぐに、垂れた髭と物憂い目のリチャード・ブローティガンが現れた。

「そいつが、親父の友達だ……丁度、家の裏で一緒に鱒を釣っていたよ。俺は、窓から釣りの様子を何時間も見ていた。川の中に突っ立っている二本の電信柱みたいだったよ……お袋は、邪魔しちゃいけないって言うんだ」

私はしばらし、長靴を履いたブローティガンを思い描いた。それは、彼がいつでも履いていたカウボーイの長靴だった。彼の写真は多くないが、そこに長靴が写っているのがある。彼はそれをガスペジーの友人に預けたわけだ。友人は自分の息子にそれを残し、息子はそれを私に授けたのだ。もし、タイプライターと長靴のどちらかを選べと言ってくれたら、私はどちらを取っただろうか。間違いなく、タイプライターだったろう。彼は、タイプライターの上に伸し被さるようにして、その長い指で文字を打ったものだ。彼の知性は指先にあるというのは嘘だ。実のところ、彼は足で自分の本にリズムを与えていた。長靴を履いた足のリズムだ。彼はカウボーイだった。季節によって彼の文は投げ縄になったり、網になったりした。カウボーイの時と漁師の時では違うのだ。彼は川の中にも長靴を履いて入ったらしい。私は左右の長靴をぶつけ合わせるようにしながら、そんなことを思った。白い埃が立った。レジャンは、私が何か言うのを待っていた。生涯、一冊も本を読んだことがないのかもしれないが、そんなことはどうでもよかった。長靴は彼を父に結びつける唯一の品物なのだ。勝手気ままなことしかしなかった男。

「彼は、とても繊細な作家だったが、少し錯乱的なところもあった人です。物を書くのも、釣りをするのも大して変わりありませんでした。本の真ん中に突っ立って、動こうとしなかったのです。時々、微かな震えを感じました。魚が餌に食いついたところなのです。ただ、魚が姿を現すことは決してありませんでした。彼はいつもさりげなく魚を逃がしていましたからね」

釣りをすることと書くこと。レジャンは私を疑わしそうな目で見ている。私の隠喩はまったく理解できなかったが、感動は受けとめていた。私が心を動かされていることは理解したのだ。

「おまえなら、彼を知っていると思ったよ。親父は、あいつは変なやつだと言っていた。二人とも同じ年に死んだんだ」

献辞の言葉が見えた――「友のレジャンへ」。

「親父のことだよ……同じ名前なんだ」

レジャンはくるりと背を向けて戻って行った。感極まったのだ。私は、テーブルの上に古びたカウボーイの長靴を置いた。『東京モンタナ急行』の著者の長靴を。

薄目の瞼

私は一度も日本に行ったことがないのに日本の話をしている。行かなくてはいけないのだろうか。私は女性雑誌で見つけ出したクリシェ（神話と写真）だけを使っている。雑誌は窓際に山のように積まれている。やれる範囲で資料を集めるしかないからね。雑誌をパラパラさせて気がついたが、日本の女性は目元に異常なほど気を配っている。水平な目鼻立ち。それが魅力的ではないと思い込まされているらしい。私は、この薄目――閉じかかった瞼の後ろに何が編まれているのか言い当ててみようと何時間でも過ごすことができる。眠っている動物がいるのか、それとも居眠りしている振りをしているだけなのか。私は、ミドリの仲間たちから集中講義を受けた。彼女たちは、私がいるのもお構いなしにカメラの前で動いていた。彼女たちは本当の日本人なのだろうか。東京だったら、すぐに白い目で見られるにちがいない。極端な本物志向がはびこっている。類似品の方が市場では本物らしく見えるのだ。本物なんて、所詮、田舎者がつけるもの。金持ちは、率先して安物の宝石を買ってみせるが、本物は銀行の貸し金庫にしまってあると思わせるためなのだ。高くないし、見間違えるほど本物によく似ている。金持ちはいつでも疑いをうまく利用することが許されているので、彼が本物だと言えば、本物にしてしまえるのだ。金持ちの言葉は金の値打ちがある。最近、テレビで、日本レストランの店主が嘆いていたが、若い学生を無料で招かないと駄目なそうだ。テーブルに日本人が座っているのが見えないと、客が入らないのだ。私は、ミドリのコンサートが終わるとすぐに出て行った。どちらにせよ、ミドリのグループ（モントリオールのベーシスト、彼はよくパンク文化の殿堂〈フフーン・エレクトリック〉に来るアンダーグラウンドの連中と共演している。それから、黒人の女性ヴォーカリスト、彼女はショウがある時は、ジャズ風にアレンジした曲を歌っている。そしてミドリの三人だ）は、すぐにトロントに出発の予定だった。コンサートが二回ほど予定されているのだ。興味の尽きない文化的混淆があるのだ（日本人、ニューヨークの黒人女性歌手そしてモントリオールのミュージシャン）。しかし、だからと言って、彼らが演奏する音楽のスタイルに不測の変化が生じるわけではない。面白いが、それだけのことだ。少し落胆もある。ただし、ミドリだけは、まだ完全には日の目を見ていない何かをもっている。それから私はモントリオールの街を歩いて、一冊二五セントで女性雑誌を売っている書店にまで行った。私は、ページを繰って、日本、特に日本女性の記事が見つかれば買う。買いすぎて夕クシーを拾わなければならなかった。ベッドの上に雑誌を積み上げた。ティーを用意しに立ったとき、管理人がドアをコツコツ叩きはじめた。家賃の催促だ。私は文句の一つも言わずにお金を手渡した。普通、私は際限のない減らず口を叩く。まして、押し問答の初日に支払うことはない。彼もすぐに払ってもらえるとは思っていないのだ。面食らった顔。への字に曲がった口。それから、疑惑のようなものが彼の顔に浮かぶ。そして、私がよく知っている、あの疑い深そうな目つきで私を見た。彼は、人生をまるでそれが贋金であるかのような懐疑の目で見るのだ。死の方が彼にはよっぽど率直に見える。葬式の費用を払い、墓地に空間を買う。それに伴う面倒を軽くする費用。お金があれば片づくことばかりなのだ。ものを買い、ものを売る。何にでも値段はある。本当のところ、彼は最後通牒を言うために来たのだ。「明日までしか待てませんよ」。ところが、彼の手の中に家賃の金が握られてしまったのだ。奴さん、私の鼻面の前で数えることさえしなかった。いつもなら欠かさずやることだ。私に屈辱感を味わわせたいのだ。彼は、すぐに階段の暗がりへと下りていった。首を傾げているのは、金を数えているからだ。階段の踊り場に隠れていた若い不良が彼の金を奪う様を思い描いてみる。彼は、金を取られるくらいなら殺される方を選ぶだろう。いつか、そんな日も来るにちがいない。私は、自分のティーに戻った。横になって、雑誌をめくりながら、字面や音楽的響きが面白い名前やシーンを見つけたら、書き留めていく。いつのまにか、名前が並んでいる――エイコ、ヒデコ、フミ、ノリコ、トモ、ハルカ、そしてタカシ――タカシの前で私はいつまでも迷った。カズオも好きだったからだ。日本人の耳にはまた違った響きがするのかもしれない。そんなことをしているうちに、私は、ミドリのまわりに小さな親衛隊を想像しはじめていた。夢をめぐる小説。すべてが、シエスタの刻限に私の瞼の裏側で演じられるのだ。すべてが申し分なく進行していったが、誰かが死ななくてはならないという考えが浮かんだ。なぜか。とりたてて理由はない。あまりにうまく行きすぎているのだ。そこに介入して、リズムを乱してやり、物語に私の色をつけてやらなくてはならなかった。いつでも、物語は誰かに所有されるものなのだ。文学が真の意味で存在するには、書物は無署名であるべきなのだろう。著者はでしゃばるべきでないし、身勝手な介入をすべきではない。読者諸氏が判断することではある。ともかく、私はノリコをグループの外に追い出した。次に、時間の問題にあたらなくてはならなかった。小説にとってもっとも根本的な問いだ。個人の人生にとってもそうだが。いつ死ぬことにすればいいのだろうか。ボルヘスは、「あなた自身についてお話を聞かせてください」と言われた時、こう答えている――「私のことについていったい何を話せというのです。私は自分に無知です。没年がいつかさえ知らないのですから」。私はと言えば、ノリコがいつ死ぬかは知っているのである。だが、そんなこと、おくびにも出すわけにはいかない。サスペンスの規則に背くわけにはいかないのだ。読者がいつでも用心して読むように差し向けなくてはならないのだ。なぜかはわからないが。書くという芸術にとっては、屈辱的なことだ。読者が目を覚ました状態から滑り落ちるようなことは避けたいところである。読者がそれを読む決心をした本を読んでいるのに居眠りしてしまっては、格好がつかない。読者にこっちを向いてもらいたいためだとは言え、どういう理由から彼の心の中をいじくり回さなくてはならないのだろう。ともかく、死者が一人出るだろう。小説のジャンルに対する私の唯一の妥協である。後のことについては、読者が自分でなんとかしてもらうしかない。この中には何冊もの本が流れ込んでいるはずである。こだわりすぎたら、支離滅裂な本の渦中に取り残されるだろう。私の編集者の声が聞こえる。そんなに短い時間の中に情報を詰め込みすぎたら、文の流れが悪くなりますよ。読者は消化する時間が持てなくなります。あまりに早く展開すると、あなたなりに作りだした面白みが損なわれてしまいます（だが、「私なりに作りだした面白み」なんて、どこにあるのか）。著者の手がいつも油まみれなのもよくないし、著者の声が登場人物を押し退けて聞こえすぎるのも困りものですよ。著者の声ばかりではないですか。著者が全ての声を出し分けているみたいに聞こえますよ。たしかにおっしゃる通り。ただ、これは、ある本の構想だからね。書くときになったら、登場人物の役割や、言葉が発せられる時間をうまく配分しますよ。思うに、一定の平衡がとれるように注意すればいいのだから。物語がだいぶはっきり見えてきた。あとは、どんな遠近法を設定するかだ。このような本を書かなくてはならない、やむにやまれない理由というか、そうしたもの全てがどのように互いに結びつくのかと考え込んでしまう。それにしても、この騒ぎは一体、何なのだろう。本の中にも騒ぎがあるし、本の外にも騒ぎがある。しかし、私は長椅子から微塵も動いていないのだ。そう、たしかに人間はいつでも騒音を立ててきた。面白いと思う心がある限り、小説はなくならないだろう。私は一つの宇宙を創り出したが、それを人と共有しなくてはならないわけではない。女の子の名前が幾つかあって、タイトルがあり、声があり、私が知り抜いた都市と未知の都市がある。これだけあれば、小説は書けるのだ。

忘れられた秘密

もし誰かの奥深い所に隠されたままなら、秘密は何になるのだろう。秘密は忘れられるものだろうか。忘れられても、それは秘密なのだろうか。忘れられた秘密はどこに行くのだろうか。秘密とは何だろうか。大声で言いたくてたまらないが、それができないものか。検疫により長期隔離されたウィルスか。秘密はそれを握っている者だけの専有物ではない。どこに隠したらいいのだろうか。身体のどこか。心の中だけは避けた方がいいな。すでに様々な情熱で占められているのだから。肉体の奥深くがいい。誰でも、決して人に言ってはいけないと互いに誓う約束を交わしたことがあるものだ。二人の秘密の保持者のどちらかは大袈裟に考え、もう一人にとっては、どうでもいい話でしかない。秘密をもっている者は、相手の体を借りて、その肉体内でいつまでも秘密を生々しく保っておくのだ。なぜなら、忘れられた秘密は危険な状態にあるのだ。忘れられた秘密は、酔っぱらった時の会話の中でいつ露見してもおかしくない。自分の秘密を人に明かした者は、自分への絶対的な権力を授けたと言ってよい。しかし、それは二人を結びつけもする。秘密にセクシャルな側面があるのはそのためだ。人は他方に身を任せるのだ。裸になるのだ。後の門から親密な内面に入ることを許すことだ。尻の狭い門から。秘密は心の中にではなく尻に隠すものだ。だからこそ、それを話すとなると、呻吟しないではいられない。「雪隠詰め」とはよく言ったものだ。自分の排泄物から逃れられなくなったので、相手もその中に引き摺りこむしかないのである。我々は、舞台の裏側にいる——淫らな舞台裏にいるのである。すべてがより真実に見える場所だ。本当を言えば、コードによって組織化された儀式的なものの中にいるのだ。秘密の雰囲気ほど、法則に支配されたものはない。秘密を明かすにはミサが不可欠なのだ。密会が必要なのだ。なぜなら、電話でするわけにはいかないから。目立たないレストラン（あるいは、寝室）を用意する。本題に入るまでにはたっぷり時間がかかる。秘密を受け取る者は、相手がそれを話す気になるまで待たなくてはならない。それは長々しくて、沈黙が大きな役割を果たす。秘密がありふれていればいるほど、待ちの時間は長くなる。たしかに、誰が、そこで運命を配分するのかは予測がつかない。そして、相手に試練を受けさせ、秘密を授けられるに値するかが試される。相手が最良の友であっても同じである。秘密とは何かが理解できなければ、それを受け取ることはできない。殺人や、近親相姦を告白するのは日常茶飯事ではないのだ。それはしばしば、エゴに関わる何かなので、相手が笑ったりするようではいけない。「そんなもの、たいしたことじゃない」と言い放たれても困る。それに、畳みかけるように、自分も母と寝たことがあるよと告白されても困るのだ。それはあまり品のいいことではない。秘密は別の秘密と鉢合わせになってはいけないのだ。秘密が隣り合わせになるのを見て喜ぶ者もいないではないが。一つの秘密の裏にはもう一つ別の、本当に隠したい秘密が隠されているものだ。秘密は幾つもの層を成している。すべてが秘密の時は、本当の秘密として何が残るのか考えざるを得ない。ごく自然な身振りが、それなのかもしれない。

黄金の欲望

私は図書館で読書しすぎた時は、丘の上の小さな公園に息抜きに行く。日当たりのいいベンチに座り、ミドリの本のことを考える。書くことから遠ざかろうとしたのに、事ある毎に私をそこに引き戻す力が働いているらしい。もっと他のやり方がないものだろうか。本を書いたと言えば、それでいいことにしたらどうだろう。ミドリの複数的人生について、そしてまた、彼女の小さな取り巻きについてよい本を書いたと言えばそれでよいことにするのだ（私は、これらの静かな日々のさざめく空気を再現するために、短篇映画的映像に訴えてみる）。タイトルはすでに用意されている——ア・ソング・フォー・ミドリ。このタイトルは絶対に手放さない。よいタイトルがあれば、後は自然に出てくるものだ。何もしないようにするのがいいのだ。易しくはない。そこにこそ今では失われた芸がある。よきシエスタを取ることさえできなくなっているのだから。無の時間さえ今では認められない。映画にしろ、本にしろ、いつでも始まりはいい。出だしの、健全なエネルギーというものがある。しかし、十五分ほど進むと、乱れが生じる。そして、事ある毎に同じ理由から乱れる――諸事情があって、それが自然な流れを辿ることを許さないのだ。しかし、豆を植えるのは難しいことではない。穴を開けて種を蒔き、土をかぶせればいい。それから、水をかけて、立ち去ればよい。そこに留まって、芽が出てくるのを待つには及ばない。自然の健やかな論理を信頼すればいいのだ。文学もまた、糞真面目にタイプライターの前に座ったまま待っている者には、いい顔をしないものだ。私は、外の空気を吸いに出かけることにしている。ビールのケースの荷卸しをしている男が二人いた。黒人が一人と白人が一人。私はすぐに、合衆国の南部とフォークナーを思った。私は、もはや物語の中にいるのではない。物語はもっとはるかに単純なのだ。私は、精神を集中統一できないがために、社会的なものの中に迷い込んでしまっているのだ。しかし、芭蕉の芸は、なによりも精神統一の芸なのだ。私はその教訓を以前から身につけているべきだった。トラックがバーの前で黒い煙を吐き出している。二人の男の内の一人は、上半身裸だ。もう一人の顔は汗にまみれているのが見てとれた。二人はすばやく仕事をしながらも、おしゃべりをやめない。これこそプロだ。私もまた書くのは速い。うまくはないかもしれないが、いつでも速い。私の世代の作家の中では最速のスプリンターだと断言できる。言葉通りに受け取ってもらってよい。だが、誰もがそのような大胆さを養っているわけではない。自分が一番だと言うなんて、おこがましいのだ。他の職業なら、それもありうる。だが、文学は違うのだ。スポーツ選手は、唇を震わせることもなく、金メダルへの欲望を披露する。作家は実力が話題になると、芸術的な曖昧さを実践するのだ。ためらわずに腕の筋肉を見せつける子どもたちを模範とするべきだろう。問題は、人生において昂然と前に進んでいく者への不信があることだ。素朴にも、芸術はスポーツセンターで実践されるものではないという信仰があるのだ。訓練はしなくてはならない。私はもう汗をかいているではないか。私には再び、ミドリの世界に入り込んだ自分が見える。閉じた私の瞼の裏を、一つ一つのシークエンスが白黒映画となって流れていく。ヒデコ、ノリコ、フミ、トモ、ハルカ、エイコと共に過ごした私の短い滞在の映像。私は、再び、芭蕉の足どりを辿る自分を見るのだ。ミドリの家での紫色のパーティー。街の中での羽目を外した行動。秋の紅葉した風景。こんなにさんさんと照る太陽の下では、そんなに寒くも感じられない。柔らかい暖かみが私の顔に触れる。私は何日でもこうしてベンチに座って、リスの子たちが樹木を登っていくのを見ていられるだろう。眠気が体を痺れさせていく。体に戦慄が走る。雲が浮かんでいる。たぶん。全てが消えていくのだろう（夢で見たものを生きたのだ）。光波性の未来が我々を待ち受けている。

私はボルヘスではないし、ムッシュー・タニザキは実名ではない

ゆっくりと目を開けると、そこにムッシュー・タニザキのご機嫌な丸顔があるではないか。

「向こうでは、大変な革命になっていますよ……あなたの御著書が社会現象になりつつあるのです」

「どの本のことですか。私は本は書いていませんよ」

「私の言うのは、あなたが執筆中の本です」

ムッシュー・タニザキは興奮しているようである。私の目と鼻の先に小さな本を振りかざしている。手にとってみたが、一語も読み解けない——日本語で書かれているのだ。彼は、私の手から取り戻した。

「この本のタイトルは、『吾輩はマグレブ作家である』なんです。日本人によって書かれたんですよ」

「それで？」

「こうして、若い作家たちが文学的ナショナリズムへの軽侮を表明しているのです。彼らによれば、日本作家だからといって必ずしも日本小説を書かなくてもいいのです。それに、もう日本作家なんて存在しません」

「それは残念ですね。私はその一人なんですが」

彼は高々とすがすがしい大笑いを見せた。日本人、とりわけ日本の外交官がそんなことができるなんて思いもよらなかった。

「向こうの彼らのスローガンはですね、〝作家は作家である。日本人は日本人である〟なんです。彼らによれば、それは二つの平行な、交わらない直線なんです。彼らは、スローガンを連呼しながら、東京のブックフェアの周りを行進しました。テレビのニュースでも報道されましたよ。農業問題と金融スキャンダルの間にはさまれていましたが。こんなことなんて、ほんの一カ月前までは考えられないことでした。ニュースの時間に文学が話題になったんですからね。しかも日本で」

彼はいまや、ボールを打ちすぎたスカッシュのプレーヤーのように真っ赤になっている。

「テレビのニュースキャスターで、糞みたいな本を書いたのもいますけどね」

彼は、学生運動時代のエネルギーが再び甦ったような勢いだ。

「『吾輩は日本のテレビ・キャスターである』というタイトルですよ。まったく的外れもいいところだと彼に言い聞かせましたけどね。彼には、それが日本人であることの誇りを表す方法だったのです。フランスの社会学者ボードリヤールは長い記事を寄稿して、自分は日本人であると言う日本人は、あまり日本人らしくないと説明していました」

ムッシュー・タニザキは、なおも私のベンチの周りを回り続けている。私はいい加減にしか聴いていなかった。彼が夢中になっているのがひしひしと伝わってくる。よく聞き取れなかったが、彼が記事を書いている教養系の雑誌で論争がはじまったらしい。まもなくテレビがそれを取り上げ、人々に広まっていった。自衛隊までが関わりをもつようになったのは、家族団欒でテレビを観る、夜の時間帯のニュース番組で、ある自衛官が「私は韓国の兵士である」と言い放ったためだった。けしからんということで、いうまでもなく彼は逮捕された。しかし、若者のメディアが黙っていなかった。結局、自衛官は北海道に配置換えになったが、一種の左遷だった。だが、もっとも脚光を浴びたのは、大型トラックの運転手だ。筋骨隆々、派手な入れ墨の男だったが、郊外の小さなキャバレーで女形のショウを催したのだ。お客が詰めかけた。プロモーション・ビデオがラジオと連携して流された。「私は日本ゲイシャよ」と、帰りの地下鉄でみんなが声を合わせて歌った。子どもたちまでが声を合わせた。彼は息も継がずに話を続け、私を子守歌のようにあやしてくれた。

「で、ムッシュー・タニザキはお変わりありませんか」

「いいことづくめですよ。この件がはじまってから、初めて私は領事館でまともに扱われるようになりました。父は手紙をくれましたよ。父が心を打ち明けるなんて、生涯初めてのことです。母には決してしたことがないのです。父は、母に愛していると言わなかったことを後悔していると書いて寄こしました。戦争中のことをとりわけ長々と書いていました。彼は職業軍人だったのです。軍は、彼の唯一の世界でした。最後に、私を抱擁したいと書いてきました。胸が一杯になったのは、国や天皇に一言も触れていないことでした。私は手紙を読みながら泣いてしまいました……鉛筆で綴られた手紙でした。私は国に帰ることにしました。以前、国語を教えていた高校で再び教鞭をとろうと思います」

「それはいいですね」

「レストランのことを覚えていらっしゃいますか。あなたはぶっきらぼうに日本の詩について尋ねました。何も答えられませんでしたが、その時、また教育に戻りたいという気持ちになったのです。詩を忘れてはいけないと……そうそう、大手の出版社が、あなたの本に序文を書いてほしいと依頼してきました。数日考えてから取りかかろうと思います。あなたとおつきあいができたのは、私にとって名誉なことでしたと、あらためてお伝えしたい気持ちで一杯です。あなたの本が私の人生を変えたのですから」

「でも、まだ私は本を書いていないのです」

「その方がいいくらいです」

感極まるように彼は呟いた。本を書くのはいいことだが、時には書かない方がいいこともある。私は、書かなかった本のおかげで日本で有名になったのだ。私は空腹を覚えはじめた。繁華街に行って、フレンチポテトとコカコーラがセットになったハンバーガーでも買おう。世界の料理にアメリカ合衆国が貢献した唯一のものだ。もし、予想通り、ポテトの腰が柔らかくて冷めていたら、自分が日本で有名になったことを考えて慰めることにしよう。

「ムッシュー・タニザキ、御健闘をお祈りします」

「ムッシュー・タニザキとおっしゃいますが、本当は私の名前ではないのです。私の好きな作家の名前でして。そうあなたに言われて悪い気はしませんでしたが……これからどうなさいますか」

「別に。特に何もするつもりはありませんよ」

「でも、一生、そのベンチに座り続けているわけにもいかないでしょう」

「それもいいかもしれません」

彼が去った後、私はすぐに編集者に電報を打った――「私はもはや作家ではありません」。

これは小説のタイトルではない。悪くないタイトルであることは認める。飾り気のない私のやり方に沿ったものだ。一番取りつくしまのない言い方は「私はもういません」だろう。この二つのタイトルはとりあえず取っておきたい。また文無しになった時のために。「私はもういません」は、九十歳になるまでは使えないだろう。

私はサンドニ通りを降りていき、サントカトリーヌ通りで右に曲がる。繁華街の群衆の中に溶け込む。モントリオールの秋の太陽が降り注いでいる。空気は気持ちがいい。女の子たちはまだ夏のスカートを穿いている。私がどこにいるかを知っている人はいま現在、誰もいない。そしてとりわけ私が誰であるかを知っている人は。とはいえ、私は日本では有名なのだ。

風景

芭蕉の景色に対する眼差しは、地理学者のそれとは違う。彼は、色しか見ない。極端な視覚的感受性に、嗅覚が犠牲になっている。聴覚は鋭い。それは間違いない。芭蕉は、凡人の耳には聞こえない音楽を聞きとる（雪の降る音）。芭蕉が食するのは、北に向かう遊歩を続けるためだ。彼は日本を縦断して、日没を見に行く。彼の長旅を通して、彼が食べているところを見ることはほとんどない。食の楽しみを語ることはあまりない。そこが、カリブの人間と異なる点だ。それに対して、芭蕉は見る術を知っている。彼の長い眼差しは、まるで彼は動いていないかのような印象を与える。しかし、灰の下には火が埋もれている。最初冷たく感じられる描写に強度の情熱を探りあてることができるのである。冬は彼の好きな季節だ。降ったばかりの雪の匂いは他の全ての匂いを消してしまう。例外は、コノシロの魚の匂いだろう。「この魚の匂いは、焼かれた人間の肉を思わせる」からだが、彼は食べようとしない。芭蕉は景色を正面から見るのではなく、景色の背後に身を置いて描く。彼の精神はすばしっこく、ひょいと身を移す彼を捕らえるのは至難だ。不意に色彩が目の前で震える時だけは例外だが。竹の青の千の変化。芭蕉が認める師匠は、農民だけである。彼自身農民なのだが、それを知らないようだ。彼は自然と調和しているように見える。自然は私を退屈にさせる。農民は風景に溶け込むのだ。その歌は文体の教えでもある。昔、ハイチの北部に行った時、田んぼにいる農民に出会ったことがある。私は赤いジープに乗っていて、米を専門とする農学者と一緒だった。彼はある稲の種子に恋人の名前をつけていた。ジープが泥にはまり込んだ。農民たちが引き出しに来てくれたが、たえず歌っているのだった。歌は体力を回復するのに役に立つのだろうか。その声がほとんど聞こえなくなることもあったが、再び朗々と響くのであった。声は時に鋭く、時に低く響いた。男も女も一緒だった。農民は性別にこだわらない。歌は神聖であり、ヴォドゥに結びついているが、一つの世界を別の世界と分け隔てているカーテンの役割をしているのだ。この二つの世界の間にレグバがいる。世界を変えたい時に柵を開けてくれるのがレグバだ。最初の歌の最初の節でレグバへの加護が祈られる。歌は農民を、異教の神々とヴォドゥの儀式による世界の中に閉じ込めてしまう。更に他の名前も聞こえてくる。ダンバラ、エルジュリ、ザカ。ザカは農耕神だ。ケチな神なので、踊っている時も、自分の荷袋から目を離さない。私は農民が人々の前で踊っているのを見て、土地の人々はどこでも同じだと思う。歌と儀礼に閉じ込められているのだ。芭蕉は、そのような信心深い人々の秘密に通じる道を求めている。そこに詩の起源があると信じているのだ。私は、時にファシストになる農民や、反動的な農民文化をあまり信じていない（三島は、アイデンティティの純粋性の罠に落ちた作家の一例である）。しかし、芭蕉は私を喜ばせる。

最後の旅

私は雑踏を横断する。大きなボタン雪が降っている。夜闇が静かに降りてくる。車の後尾の照明が生き生きとしてきた。凍りついたぬかるみに赤く映っている。私は瞼に雪の粉を受ける。若い女性がデパートから手に荷物を抱えて出てきて、すれ違いざま微笑んだ。あんな靴で、雪の上をどう歩くつもりなのだろう。一人の男が通りがかりにしがみついてきた。私はぐらついた。彼が振り返ってわびるが、もう私には何も聞こえない。先に進むが、体の平衡を取り戻せないでふらついた。私に向かってクラクションが響きわたる。ああ、都会の音楽よ。霞の向こう側に一人の婦人が、目を見張り、口を大きく開いて、何かを叫んでいるのが見える。芭蕉が、東北へ向かう狭くて難儀な道を求めて越さなくてはならなかった関所、それを、私は私なりに車列の間に探し求めているのだ。

訳者解説

本書は、Dany Laferrière, *Je suis un écrivain japonais*, Éditions Grasset & Fasquelle, 2008の全訳である。本書は、フランスとカナダ・ケベック州でほぼ同時に出版されているが、ケベック州ではBoréal社から出版され、翌年に叢書Boréal Compactに入っている。英訳版はDavid Homelの訳で二〇一一年にDouglas & McIntyre社から出版されている。翻訳にあたっては、Boréal Compact版と英訳版も参照した。

本書『吾輩は日本作家である』を手にする読者諸氏は、なによりもタイトルに意表をつかれるのではないだろうか。「日本作家」という言葉に惹かれて何だろうとよく見ると、外国の作家である。予備知識がなければ、悪い冗談と受け取る人もいるかもしれない。しかし著者は至って真面目である。もちろん、すぐれた文学は笑いを排除しないという意味においてであるが。

本書がダニー・ラフェリエールの数ある作品の中でももっともよく知られる一冊となっている理由は、なんと言ってもタイトルが人目を引くからだろう。一度見たら、たとえ読まなくても忘れられないのではないか。ラフェリエールの作品には、覚えにくいタイトルもあって、たとえば、『若いニグロの手の中に見える柘榴は武器なのか、それとも果物なのか』は原題がフランス語早口言葉を思わせ、正確に復唱するには骨が折れる。ついでに言えば、この本は、北アメリカの文化・文学を縦横無尽に論じた名著である。それに比べると、本書のタイトルは単純明快で、著者名を見なければ平凡でさえある。しかし、そのインパクトは強烈と言うほかない。本書は、彼の処女作であり出世作でもある『ニグロと疲れないでセックスする方法』の延長線上にあるが、そんな視点から読めば、きわめて知的で複雑な仕掛けが見えてくる。もっとも、今回邦訳版を出すにあたっては、まずは本書の背景に世界的な日本ブームがあることに触れないわけにいかない。今日、日本文化は世界の隅々にまで浸透し、いまや日本国内の事情から離れて一人歩きを始めているような観さえある。

もっとも訳者には、ダニー・ラフェリエールの世界を楽しんでいただきたいという思いも強い。この解説では、本書を自由に読んでいただけるように、具体的な作品内容に深く踏み入るよりは、それを取り巻く背景、少し大袈裟にいえば、日本ブームも含めた世界の文化状況について触れておこう。それにはまず、著者ダニー・ラフェリエールの紹介、本書を書くにいたった経緯から始めなくてはならないだろう。

ダニー・ラフェリエールの文学

ダニー・ラフェリエールの魅力を二つに絞って語るとすれば、まず、古典的な小説手法を巧みに駆使しながら現代的なテーマを料理していることが挙げられるだろう。次に、声を大にして彼の人間的な魅力を語らなくてはならない。なぜなら、誰でも、一度、彼の講演を聴いたら、その話術と人柄に魅せられるからである。人間的魅力は作品の価値と無関係といえば、その通りだが、ラフェリエールに限っては、訳者の頭の中で二つが結びついてしまう。彼の人間的な姿勢が、作品においても貫かれているからだろうと思う。

ダニー・ラフェリエールは大変な読者家である。本書でも読書論が展開されているが、『私は疲れた』という本の中には、まだ読み書きを知らないほど幼かった頃に、毎朝読書する祖父の姿を見て読書家になる決心をしたという話がある。彼の小説は、そうした幼い頃からの広汎な読書に裏付けられており、国境を越えた様々な文学潮流が流れこんでいる。大雑把に見ても、フランス語圏で言えば、植民地主義を告発し、第三世界の自立と独立を促したネグリチュードの文学、あるいは北アメリカで言えば、人種差別を告発した黒人文学やカウンター・カルチャーのビート・ジェネレーションなしにラフェリエールの文学は生まれえなかった。ハイチには、ロディアンと呼ばれる小話の伝統ないし話術があるが、もちろん、そうしたハイチ文化や文学の伝統も流れ込んでいる。しかし、彼の文学は、植民地主義の過去を掘り起こし告発するものではないし、人種差別による不正や犠牲者を嘆くものでもない。彼には現在を生きるという姿勢の方が強いのである。

歴史は忘れようと思っても個人のレベルにまで執拗にまといつくものであり、彼の肌が黒い以上、そのことからくる社会的圧力は個人の力でどうにかなるものではない。早い話が、どんなに高名な作家でも、地下鉄に乗っていたり、警官から尋問されればただの黒人である。その落差から来る自己意識の浮沈は、本小説においても語られている。しかし、そうした社会的拘束を引き受けながら、ラフェリエールは、にもかかわらず「人生」はいかにして可能なのか、という問いを立てている。少なくとも訳者にはそう思える。そして、その解答の一つが武器としての笑いなのである。ビート・ジェネレーションのジャック・ケルアックは upbeat と言ったが、この前向きな姿勢をラフェリエールは彼なりの方法で受け継いでいる。だから、まさに、歴史の必然と人生の偶然を引き受ける On the road の文学なのである。本書でも、「リチャード・ブローティガンの長靴」の章にビート・ジェネレーションから受け継いだものが象徴的に暗示されている。更に言えば、「ニグロよ、立ち上がれ」と訴えたネグリチュードの詩人エメ・セゼールから受け継いだ「ニグロの声」も聞こえるし、現代の happy few の一人として、スタンダールに密かに応えているラフェリエールもいる。話術を含めた人間的な前向きの姿勢と作品が切り離せない理由がここにある。

ラフェリエールの文学は、どう見ても一つの文化圏内には収まらない。しかし同時に、そんなことが分からなくても存分に楽しめる文学でもある。彼は、知的なひけらかしに常に批判的で、「ろくに文字も読めない者が書いたような印象を読者に与えるが、読んでいくうちに、こいつなかなかやるじゃないかと思わせる」文学がいいと、あるインタビューで告白している。

『吾輩は日本作家である』の成立経緯

次に、ダニー・ラフェリエールの著作の中での本書の位置に触れておこう。既刊の邦訳書においても紹介されている通り、彼は一九五三年にハイチに生まれ、ジャーナリストとしての道に入るが、独裁政権下での活動に限界を覚え、生命の危険にさえ晒される中でカナダ・モントリオールに亡命、そこで下積みの生活に耐えながら小説を書きはじめている。本書と同時に刊行される『甘い漂流』は、この時期を扱っている。そんな下積みの生活の中で書き上げた『ニグロと疲れないでセックスする方法』（一九八五年）がケベックの文学界に衝撃を与え、一躍著名作家にのし上がる。彼はテレビのレギュラー番組も持つようになり、その辛口の批評が評判になったが、まもなく（一九九〇年）、そうした生活に区切りをつけ、マイアミに家を買ってそこに引きこもる。ハイチでの幼年時代から亡命に至るまでの青春を題材にした作品を次々と書くためだった。ついでに言えば、訳者が一番好きな作品は、彼のハイチ時代を扱ったものの中にある。

しかし、二〇〇一年の『私は疲れた』を最後として、その後、何年間か小説が書かれない時期に入る。マイアミで彼は「アメリカ的自伝」という構想を立て、書くべき作品のタイトルを一覧表にして壁に貼って、ハイチを思い出させる庭の木を見ながら、毎日せっせと著作に励んだという。その「アメリカ的自伝」が一応の完成を見たので、一時期、書くことがなくなるのである。『私は疲れた』は、編集者との会話で始まる本だが、作家を辞めると宣言したラフェリエールを、編集者が、黙って筆を折るのでは読者が納得しないから、どうして新しい本を書かないのかを語る最後の本を書いてほしいと説得するのである。そんな会話に続いて彼が作家になるまでの経緯や、様々な文学論が展開されている。この本は、最初無料でケベック州とハイチで各五千部、フランスで二万部配布されたという。その後、二〇〇二年、彼は再びモントリオールに戻って、『一夜でアメリカを征服する方法』のような映画や新聞のコラム欄で活躍するようになる。

『吾輩は日本作家である』は、そんなわけで二〇〇八年、小説の執筆が途絶えた時期が続いた後に世に問われたのである。のっけから「編集者」が登場するのも、実はそうした事情を踏まえている。翌々年になると、ラフェリエールは『帰還の謎』を出し、メディシス賞を受賞している。再び旺盛な創作活動が始まったのである。『ニグロと疲れないで……』が書かれた前後を第一期、九〇年代のマイアミ創作時代を第二期とすれば、ラフェリエールは第三期に入ったと言える。

世界文化の中の日本文化

「吾輩は日本作家である」という文そのものは、実は、二〇〇〇年に出たインタビュー形式の評論『書くことは生きること』の中で小見出しとして使われている。たとえば、黒人であることは事実だが、だからといって「黒人作家」や「黒人文学」と言った語彙で彼の文学が語られるなら、特定のレッテルが貼られることになり、各作品もそのような文脈で読まれてしまう。彼の立場からすれば、題材やテーマに「ハイチ」や「黒人」が現れたからといって、周辺的な文学として特殊化されるなら、受け入れがたいのである。このような本小説のテーマに繋がる議論が既に読めるのである。後に改めて触れるが、ラフェリエールはミシェル・ルブリらの世界文学論に先立つ文学観を既に展開していたと言わなければならない。

ところで、「黒人」は「白人」がいてはじめて成り立つので、事実を表すというよりは、もともとクリシェ的性格が強い言葉である。ラフェリエールは、ハイチに暮らしていた時代、黒人という意識はなかったが、「白人」のいるモントリオールに来て「黒人」であることを思い知らされたと証言している。たしかに、当たり前のことだが、ラフェリエールが少年時代を扱った小説に「黒人」は登場しない。登場人物はすべて人間なのである。他方、「日本」という語も、マルコ・ポーロの『東方見聞録』以来、西洋において極めて負荷の強い語として用いられてきた。「日本」は、西洋が作り出してきたエグゾティスム空間の限界点を指していた。すなわち全てが逆さまになる極東の果てである。「黒人」をめぐるクリシェと闘ってきた作家が、もう一つ別のクリシェ「日本」に引き寄せられていったのも、なにがしかの必然性がある。世界の諸文化間のコミュニケーションを妨げているクリシェないし偏見は、今日でも、強力な作用を及ぼしている。インターネットの時代は、むしろ、クリシェを強化する側面ももっているとするなら、ダニー・ラフェリエールは、本書において、「黒人」というクリシェに「日本」というクリシェを掛け合わせることによって、新しい文化の流通路を拓こうとしているのかもしれない。

『吾輩は日本作家である』が、新たな時代の文化コミュニケーションないし文化相互作用を語る小説として読めるなら、その中心に来るのが、いうまでもなく「日本」であり、世界的な日本ブームである。インターネットに代表されるグローバル化は、世界の文化交流を大きく変えた。先日、訳者がパリのゲーテ通りを歩いたら、道の両側に日本料理のレストランがなんと七軒並んでいた。ゲーテ通りはモンパルナス駅の近くにあり、劇場やレストランが並ぶ歓楽街だが、百メートル程度の狭い通りに、それだけの日本レストランを数えることができたのである。こうした日本ブームは、日本に関心をもつ夥しい数の人々が世界中に散在していることを意味する。もちろん、日本料理だけではない。ゲームやマンガ、ファッション、映画、美術、建築、文学、更には日本女性のイメージまで、あらゆる領域の日本文化が、世界の人々の共有財産になっている。訳者の知り合いにスペインの若い建築家がいるが、彼も日本ファンで、建築はもちろん、清少納言も知っているし、分野によっては訳者よりも遥かに詳しい。

こうした世界の日本ファンは、しかし、私たち日本人と同じように日本文化を受け止めているとはかぎらない。日本古典なら、なおさらのことである。私たちには、古典は学校教育のいささか退屈な知識と結びついているし、古語が障害になって現代文化から切り離された特別な教養になっている。しかし、海外の人々にとっては必ずしもそうではない。彼らは、学校教育特有の規範的知識を持たずに自由に接しているし、古語と現代語という障壁がない翻訳を読んでいるので、日本の古代と現代はもっと連続しているのである。そうした自由で勝手気ままな日本文化の摂取は誤っているのだろうか。いや、おそらく、それは日本文化が世界文化になっていく過程において避けられない現象である。そもそも私たち日本人も外国文化をそのようにして摂取してきたのである。国内を見ても、相撲はもはや外国人なしに成立しなくなって久しい。柔道は国際柔道連盟の規則改定により、伝統的な柔道ではなくなっている。こうした変化は、日本文化の「国際化」というよりは、「世界化」と言った方がふさわしい。先程の日本料理の話に少し戻れば、寿司はいまや完全に世界の共有財産になっているが、フランスの寿司は、シャリが冷たくしてあってサラダに近い感じが好まれている。寿司は、いまや日本人の手を離れて、一人歩きしているのである。このように海外において日本文化が「世界化」しているだけでなく、国内においても、日本の文化風景は急速に変化しつつある。「世界」がこれまでの「近代化」の過程とは異なる形で日本国内に入ってきて、私たちもあまり意識しないでそれを受け入れているのである。

文学や映画の世界も同様である。たとえば、クエンティン・タランティーノの『キル・ビル Vol.1』のような作品が作り出す日本的美の映像は、どこまで本当の日本の伝統的美学で、どこからがタランティーノの美学なのか区別できる人はいないだろう。ダニー・ラフェリエールが本作品で指摘しているように、日本がアメリカ化し、アメリカが日本化しているのである。そうした文化の世界的混淆現象を見れば、ラフェリエールが本物論議は嫌いだといっているのも分かるような気がするのである。これまで比較文化研究は、一方から他方への影響を研究することで、あたかも、どんな影響を受けても日本は日本でありつづけるような視点を保ってきた。しかし、今や、文化は相互的な浸透に晒されていて、お互いに影響を受けながら変形していく時代である。日本のマンガがディズニーの影響を受けて成立したとしたら、それが今度はディズニーのアニメに影響を与えるのである。少し視点を変えるなら、そこに文化の世界的な相互浸透が見えてくる。

世界文学としての『吾輩は日本作家である』

話が幾分逸れるが、ここで、最近フランスで議論されている世界文学論に触れておこう。二〇〇七年三月一六日付けの『ル・モンド』紙に「世界文学のために」というマニフェスト記事が出た。記事の下には、ル・クレジオ、ダニー・ラフェリエール、エドゥアール・グリッサンら、このマニフェストに署名した四五名の文学者のリストが付されていた。マニフェストは、フランスの出版界と結びついた文学フェスティバル「驚異の旅人たち」とも連動している。というのも、筆者ミシェル・ルブリは、毎年ブルターニュのサンマロで開催される大規模な文学フェスティバル「驚異の旅人たち」の創設者なのである。本年二〇一四年のサンマロのフェスティバルは、六月七日から九日にかけて開催されたが、会場が数カ所に分かれているにもかかわらず、千人収容できる大ホールで催されたル・クレジオやミシェル・ルブリが登場するラウンドテーブルは入場できない人が多数出る始末だった（訳者も締め出された一人である）。

このマニフェストの中で、ミシェル・ルブリは、構造主義や脱構築に見られる文学観やフランコフォン文学と呼ばれるジャンルを批判しつつ、国民文学の枠を越えた世界文学を提唱している。ここでの「世界文学」は、littérature-mondeの訳である。この造語からしても、エドゥアール・グリッサンの全 - 世界論（『全 - 世界論』恒川邦夫訳、みすず書房）から幾つかのアイデアを借りてきているように見える。ミシェル・ルブリは、ジャズ愛好家でありスティーブンソンの研究家としても知られ、英語圏の事情に詳しく、この記事の中でも、『悪魔の詩』のサルマン・ラシュディなど英語圏の文学状況について詳しい紹介がなされている。そこからしてもルブリの世界文学は、デイヴィッド・ダムロッシュの「世界文学」にも負うところがあるだろう。最近、日本でも、ロシア文学者沼野充義が中心になって「世界文学」をめぐるシンポジウムが何回か開催されている。もっとも、「世界文学のために」は、フランスの出版社や書店がフランス中心主義にとらわれ、それ以外の地域のフランス語系文学をフランコフォン文学（フランス語圏文学）として周辺的に捉えることに対する抗議でもあった。たとえば、チェコ出身のミラン・クンデラやロシア出身のアンドレイ・マキーンなどはフランコフォン文学には入らないのに対して、アフリカのフランス語系文学やケベックの文学はフランコフォン文学に分類される。もしフランス文学がフランコフォン文学の一分野であれば問題はないだろう。実際、日本では、「フランコフォン文学」の和訳として「フランス語圏文学」が用いられ、フランス文学もその一部として理解されていると思うが、本国フランスでは、フランス文学とフランコフォン文学は別物なのである。

ルブリは、ダムロッシュが神話や古代の叙事詩なども対象にしているのに対して、あくまで近代文学、それも主に近現代小説に力点を置いている。彼によれば、近代小説は西洋で生まれた形式であり、それが世界各地に広がることによって、世界文学が成立したのである。このあたりはヨーロッパ中心主義の匂いがしないでもないが、ただ、西洋的近代文学が世界文学になる過程において、西洋は世界に「吸収」され、「巨大な多声的世界の中に溶け込んでしまう」のである。その土壌を用意したのは世界の大都市である。とりわけ、アングロ・サクソン系の世界都市において世界文学が誕生したという。このような意味での「世界文学」の作家たちの教養は、出身国の文化にも居住国の文化にも限定されるものではなく、ヨーロッパやアメリカの小説を吸収し、グローバル化時代の複合的な都市空間での体験に養われている。世界文学とは、「現代の巨大都市の坩堝の中での多数の文化の衝突と新たな世界の誕生を語る」文学なのである。

話を本書に戻せば、本書も世界文学の文脈で捉えると理解しやすいのではないだろうか。彼もまた複数の地点を結ぶ空間の中で成長した作家である。『吾輩は日本作家である』の主人公は芭蕉の『おくのほそ道』を読みながら、世界都市モントリオールを移動していく。このような芭蕉は、私たちの古典文学としての芭蕉像を逸脱するもので、顔を顰める読者もいるかもしれない。しかし、芭蕉をいつまでも江戸元禄期の世界に閉じ込めておくことは必ずしもよいことではないのかもしれない。俳諧の厳しい言語的束縛から離れ、世界空間を旅する芭蕉を見るのも楽しいのではないだろうか。そして、芭蕉を師として世界文学を切り拓くラフェリエールは、私たちに、既成概念を離れて世界文化と日本文化の関係を再点検するように勧めているように見えるのである。

かつてリービ英雄は、『日本語の勝利』の中で、日本語が日本人だけのものではなく、外国人にも開かれた自己表現手段になり、世界言語になったことを日本語の勝利と言ったが、ダニー・ラフェリエールは、日本文化が日本人だけのものではなく、世界の人々のものになり、世界性を獲得したことを日本文化の勝利として語っているのかもしれない。

最後に、右に述べたことと関連するのだが、『おくのほそ道』のテキストについて一言。ラフェリエールの用いた『おくのほそ道』はニコラ・ブーヴィエ Nicolas Bouvier 訳 *Le Chemin étroit vers les contrées du Nord* である。ブーヴィエの注によると、これは Lady Bouchie による英訳からの重訳である。Lady Bouchie 訳は一九七六年に出版されたあと、二〇〇六年に再版（Éditions Héros-Limite, Genève, 2006）されていて、そのテキストをブーヴィエは用いている。ただし、俳句の部分は、ブーヴィエが日本語の原文から直接訳したとのことである。このニコラ・ブーヴィエ版には、英語版の『おくのほそ道』本文とは別に芭蕉の俳句が八句掲載されていて、「古池や……」の句が冒頭にある。古典の翻訳はどうしても原文との乖離が大きくなるが、英語版からの重訳となると、更に乖離は広がる。そのため、本書の引用を細かく見ると、日本語の原文とは異なるところが見受けられる。そこで翻訳にあたっては、あくまでラフェリエールの読んだ『おくのほそ道』を尊重するのがよいと判断して、原則として、ラフェリエールのテキストを日本語に訳すことにして、原文との相違があっても、それを指摘することは避けた。ただし、俳句には日本語の原文も添えるようにし、一部、『おくのほそ道』の原文を用いたところもある。

訳注は最小限に抑えたが、割注にして〔　〕内に示してある。

本書の翻訳は事前の予想よりも難航し中断しかかったこともあったが、なんとか最後の一行にたどり着けたのは、藤原社長から叱咤激励をいただいたお蔭である。また、編集担当の刈屋琢氏の丁寧な校正と助言に大いに助けられた。心よりお礼申し上げる次第である。翻訳上の疑問点については、明治大学の山出裕子先生、ハイチ文学研究家イヴ・シェムラ氏 Yves Chemla、ケベックの詩人フランソワ・エベール氏 François Hébert からご教示をいただいた。この場を借りて謝意を表したい。

二〇一四年七月

立花英裕

著者紹介

ダニー・ラフェリエール（Dany Laferrière）

1953年，ポルトープランス（ハイチ）生。『プチ・サムディ・ソワール』紙の文化欄を担当していた76年，モントリオール（カナダ）に移住。85年，『ニグロと疲れないでセックスする方法』で作家デビュー（89年カナダで映画化。邦題『間違いだらけの恋愛講座』）。90年代にはマイアミに居を移し，『コーヒーの香り』（91年）『甘い漂流』（94年，邦訳藤原書店）『終わりなき午後の魅惑』（97年）などを発表。2002年よりモントリオールに戻り，本書『吾輩は日本作家である』（08年）の後，『帰還の謎』（09年，邦訳藤原書店）をケベックとフランスで同時刊行し，モントリオールで書籍大賞，フランスでメディシス賞受賞。2010年のハイチ地震に遭遇した体験を綴る『ハイチ震災日記』（邦訳藤原書店）を発表。2013年アカデミー・フランセーズ会員に選出される。

訳者紹介

立花英裕（たちばな・ひでひろ）

1949年生。フランス語圏文学。早稲田大学教授。共著に,『アジア文学におけるフランス的モデルニテ』（仏文，PUF）など。共編著に,『21世紀の知識人――フランス，東アジア，そして世界』（藤原書店）など。訳書に，ピエール・ブルデュー『国家貴族 I・II』，ダニー・ラフェリエール『ハイチ震災日記』『ニグロと疲れないでセックスする方法』（藤原書店）など。共訳書に，フリオ・コルタサル『海に投げ込まれた瓶』（白水社），ブシャール『ケベックの生成と「新世界」』（彩流社），『月光浴――ハイチ短篇集』（国書刊行会），エメ・セゼール『ニグロとして生きる』（法政大学出版局）など。2009年，ケベック州政府からアメリカ地域フランコフォン功労賞を受賞。

吾輩《わがはい》は日本作家《にほんさっか》である

2014年 8月30日　初版第1刷発行©

訳　者　立　花　英　裕

発行者　藤　原　良　雄

発行所　株式会社　藤　原　書　店

〒162-0041　東京都新宿区早稲田鶴巻町 523

電　話　03（5272）0301

FAX　03（5272）0450

振　替　00160 - 4 - 17013

info@fujiwara-shoten.co.jp

印刷・製本　中央精版印刷

落丁本・乱丁本はお取替えいたします

定価はカバーに表示してあります

Printed in Japan

ISBN978-4-89434-982-7

二〇一〇年一月一二日、ハイチ大地震

ハイチ震災日記

（私のまわりのすべてが揺れる）

D・ラフェリエール

立花英裕訳

首都ポルトープランスで、死者三〇万超の災害の只中に立ち会った作家が、ひとつひとつ手帳に書き留めた、震災前／後に引き裂かれた時間の中を生きるハイチの人々の苦難、悲しみ、祈り、そして人間と人間の温かい交流と、独自の歴史への誇りに根ざした未来へのまなざし。

四六上製　二三二頁　二二〇〇円

（二〇一一年九月刊）

◇978-4-89434-822-6

TOUT BOUGE AUTOUR DE MOI　Dany LAFERRIÈRE

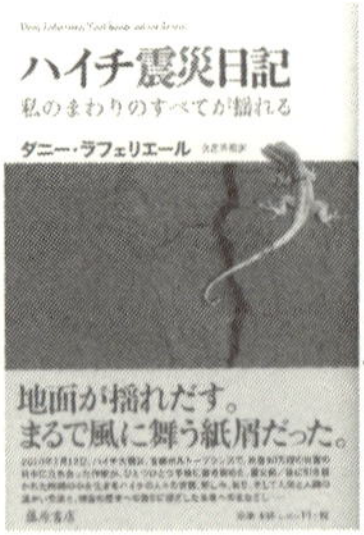

ある亡命作家の帰郷

帰還の謎

D・ラフェリエール

小倉和子訳

独裁政権に追われ、故郷ハイチも家族も失い異郷ニューヨークで独り亡くなった父。同じように亡命を強いられた私が、面影も思い出も持たぬ父の魂とともに故郷に還る……。詩と散文が自在に混じりあい織り上げられた、まったく新しい小説（ロマン）。

仏・メディシス賞受賞作

四六上製　四〇〇頁　三六〇〇円

（二〇一一年九月刊）

◇978-4-89434-823-3

L'ÉNIGME DU RETOUR　Dany LAFERRIÈRE

「おれはアメリカが欲しい。」衝撃のデビュー作！

ニグロと疲れないでセックスする方法

D・ラフェリエール

立花英裕訳

モントリオール在住の「すけこましニグロ」のタイプライターが音楽・文学・セックスの星雲から叩き出す言葉の渦が、白人と黒人の布置を鮮やかに転覆する。デビュー作にしてベストセラー、待望の邦訳。

四六上製　二四〇頁　一六〇〇円

（二〇一二年一二月刊）

◇978-4-89434-888-2

COMMENT FAIRE L'AMOUR AVEC UN NÈGRE SANS SE FATIGUER　Dany LAFERRIÈRE

〝女〟のアルジェリア戦争

墓のない女

A・ジェバール

持田明子訳

植民地アルジェリアがフランスからの独立を求めて闘った一九五〇年代後半。「ゲリラの母」と呼ばれた女闘士〝ズリハ〟の生涯を、その娘や友人のさまざまな証言をかさねてポリフォニックに浮かびあがらせる。マグレブを代表する女性作家（アカデミー・フランセーズ会員）が描く、〝女〟のアルジェリア戦争。

四六上製　二五六頁　二六〇〇円

（二〇一一年一一月刊）

◇978-4-89434-832-5

LA FEMME SANS SÉPULTURE　Assia DJEBAR

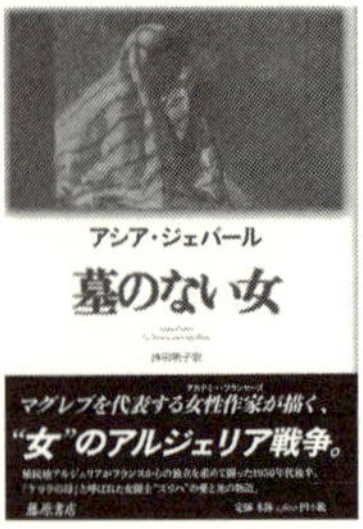